# A MULHER QUE AMOU DEMAIS

# A MULHER QUE AMOU DEMAIS

Rio de Janeiro, 2023

Copyright © 2023 por Espólio Nelson Falcão Rodrigues.

Todos os direitos desta publicação são reservados à Casa dos Livros Editora LTDA. Nenhuma parte desta obra pode ser apropriada e estocada em sistema de banco de dados ou processo similar, em qualquer forma ou meio, seja eletrônico, de fotocópia, gravação etc., sem a permissão dos detentores do copyright.

Diretora editorial: *Raquel Cozer*
Coordenadora editorial: *Diana Szylit*
Editora: *Vanessa Nagayoshi*
Assistência editorial: *Camila Gonçalves*
Notas: *Tania Lopes*
Revisão: *Tania Lopes e Daniela Georgeto*
Capa: *Giovanna Cianelli*
Projeto gráfico e diagramação: *Abreu's System*

Dados Internacionais de Catalogação na Publicação (CIP)
Angélica Ilacqua CRB-8/7057

R614m
   Rodrigues, Nelson
     A mulher que amou demais / Nelson Rodrigues. —
   Rio de Janeiro : Harper Collins, 2023.
   144 p.

   ISBN 978-65-5511-484-3

   1. Ficção brasileira I. Título.

22-6046                        CDD B869.3
                               CDU 82-3(81)

Os pontos de vista desta obra são de responsabilidade de seu autor, não refletindo necessariamente a posição da HarperCollins Brasil, da HarperCollins Publishers ou de sua equipe editorial.

Rua da Quitanda, 86, sala 218 — Centro
Rio de Janeiro, RJ — cep 20091-005
Tel.: (21) 3175-1030
www.harpercollins.com.br

# Sumário

Nota da editora ... 7

*O misógino que entendia as mulheres,*
por Bruna Maia ... 11

*Despertando fantasmas,*
por Luís Augusto Fischer ... 17

MYRNA ESCREVE:
A mulher que amou demais ... 23

1. Nenhum homem tinha o direito de ser bonito assim ... 27

2. Eis o homem por quem me apaixonaria ... 32

3. Ela não sabia se era amor, se era ódio ... 37

4. Não era loucura: era amor ... 42

5. Qual a mais indesejável: a morte ou a loucura? ... 46

6. Apaixonada por um, noiva de outro ... 51

7. Era uma mulher viva, e sua alma estava morta ... 55

8. Não era o homem do meu destino, nem de sua alma ... 59

9. Amor, eterno amor ... 64

10. Tão infeliz e tão amada ... 69

11. Era linda e teve ódio do próprio rosto — 73

12. Eu própria não sei quem sou — 78

13. Sua beleza era sensível como uma pétala — 82

14. Era uma mulher sem passado e sem amor — 86

15. Mulher perecível, amor imortal — 91

16. Encontrou um túmulo de águas — 95

17. Tão bonito um amor infeliz! — 99

18. Nenhum homem amaria uma morta — 104

19. Para sempre amada — 108

20. A única coisa que interessa é que fui beijada — 112

21. Dividia seu amor entre a viúva e a morta — 117

22. Dei minha vida por um homem — 121

23. Uma mulher diante da morte — 126

24. Ela estava calma — 130

25. Amorosa e assassina — 134

Último Capítulo: Esperava-o uma eternidade de amor — 139

## Nota da editora

Em 1949, ao assumir a administração do jornal popular *Diário da Noite*, Freddy Chateaubriand levou consigo Nelson Rodrigues. Após o sucesso do pseudônimo Suzana Flag nas páginas do periódico *O Jornal*, o escritor assinava, então, sob um novo pseudônimo, a coluna "Myrna escreve". Nesse espaço, Myrna desfiava opiniões, conselhos e advertências, além de responder às cartas de leitoras (e por vezes leitores) que buscavam resolução para dúvidas, anseios e aflições.

Foi aproveitando o sucesso da consultora sentimental, cujas crônicas tinham uma estética própria, que Nelson Rodrigues escreveu *A mulher que amou demais*, um folhetim em vinte e seis capítulos, anunciado da seguinte forma: "Você mesma! / Namorada, noiva, esposa, viúva ou desquitada / Você não pode perder / o Romance de Myrna / A história inesquecível de uma paixão! / A mais sábia, a mais lúcida, a mais corajosa lição de amor! / 'Diário da Noite' publicará O Romance de Myrna".[1]

Na coluna "Myrna escreve" que saiu junto ao primeiro capítulo de *A mulher que amou demais*, e que reproduzimos nesta edição, a autora comenta alguns aspectos de sua nova obra, começando pelo título. Ela oferece uma curiosa reflexão sobre o amor e o ódio, aproximando-se da leitora ao compartilhar seus próprios sentimentos e experiências: "Resta dizer que coloquei em *A mulher que amou demais* todo o peso de minha experiência vital. Tudo o que sei da vida,

---

[1] *Jornal Diário da Noite*, 4 de julho de 1949, 2ª edição, p. 1.

tudo o que sei do amor, está no meu romance". Antes de começar a história propriamente dita, Myrna conclui que o amor verdadeiro deve ser totalmente incondicional: quem não "faz tudo" pela criatura amada, na realidade, não ama. O trágico nesse sentimento é que não há medida para a abnegação de quem está apaixonada.

O mote central de sua trama, repleta de reviravoltas e revelações, é a paixão de Lucia e Carlos e a impossibilidade de um casamento sem amor. Há semelhanças visíveis com *Meu destino é pecar*, o estrondoso folhetim escrito por Suzana Flag, uma vez que existe um triângulo amoroso envolvendo dois irmãos e duas mulheres quase idênticas — uma delas, misteriosamente desaparecida. Um suposto assassinato serve para criar o mistério e conduzir ao clímax do romance, que precisa envolver as leitoras e os leitores a cada capítulo — quando foi publicado como folhetim, o desfecho ficava para o próximo dia.

Quem nos conduz por essa história é uma narradora que toma partido, manifestando-se em primeira pessoa, como se fosse testemunha de uma tragédia (palavra recorrente em seu discurso) anunciada, por ela própria, a conta-gotas.

Na apresentação que faz dos irmãos, quase somos reportados à figura do *Doppelgänger*:[2] "Houve um tempo, na adolescência, que os dois eram amicíssimos, andavam sempre juntos, e não fosse a dessemelhança física pareciam gêmeos. Pareciam sentir, pensar, sonhar em sincronismo." Mas a presença desse "duplo" se tornará ainda mais forte na inexplicável semelhança entre Lucia e sua rival, Virgínia, pois as duas apresentavam, entre outras coisas, o mesmo olhar, o mesmo sorriso e o mesmo jeito de andar.

A história alcança uma proporção fantasmagórica quando temos acesso ao diário de Lucia — estratégia narrativa que nos oferece os fatos pelo ponto de vista da personagem, cuja narração nos envolve pela dúvida que constrói: o que ela conta é delírio ou assombração?

---

[2] "Termo alemão para sósia ou duplo de uma personagem; uma espécie de alma gêmea, ou mesmo um fantasma que persegue um indivíduo, confundindo-se com a sua própria personalidade" (E-Dicionário de Termos Literários de Carlos Ceia).

Nesta edição, mantivemos a linguagem tal como se apresenta no original, considerando a preferência pela oralidade que o gênero folhetinesco implica. Corrigimos algumas pontuações de acordo com a gramática atual, mas preservamos construções e expressões que, embora possam causar estranhamento, configuram-se como marcas estilísticas de Myrna. Em casos mais específicos, quando outra solução significaria uma intervenção no original, optamos por conservar o texto como foi publicado por Nelson Rodrigues.

Se naquele momento o público não fazia ideia de que Myrna fosse uma criação ficcional, hoje podemos perceber as características de seu criador, como o sarcasmo, a ironia e o tom fatalista de suas obras. Mas quem dá o tom narrativo é a voz feminina de Myrna, e, no desenrolar da trama, acompanhamos as estratégias que aguçam a nossa curiosidade, típicas de um folhetim.

As histórias que Nelson Rodrigues escreveu para os jornais abordam assuntos a partir de personagens e sentimentos próximos do cotidiano de um público que buscava momentos de informação e um espaço para a imaginação. Hoje, nosso interesse se amplia, na medida em que o exagero ficcional, flagrante nas próximas páginas, ajuda-nos a perceber o tipo característico de imaginário do público daquele momento.

Boa leitura!

## O misógino que entendia as mulheres

*Bruna Maia*

Tive contato com a obra de Nelson na adolescência. Engano-me: foi na infância. Todo domingo, passavam as adaptações das crônicas de *A vida como ela é* na televisão. Bons atores, charmosíssima direção de arte, figurinos que eu desejava usar. Teve também a minissérie *Engraçadinha, seus amores e seus pecados*, com Alessandra Negrini interpretando uma jovem sedutora na primeira parte. Mais adiante ela se transformou em Claudia Raia, e virou uma esposa reprimida que um dia ousaria despir-se na chuva com o amante, vivido por Alexandre Borges.

Enfim, na adolescência li as suas peças, crônicas e alguns de seus folhetins publicados sob o pseudônimo de Suzana Flag. Ele, junto a Luis Fernando Verissimo, Agatha Christie e Sidney Sheldon, tornou-se minha referência de escrita. Tirei dos dois primeiros o humor sutil, o deboche, a objetividade; dos dois últimos, a mirabolância, o gosto por mistérios e reviravoltas.

Hoje, é impossível não reparar na misoginia, no elitismo e até mesmo no racismo presente vez que outra na obra desses autores, principalmente na de Nelson Rodrigues. Nos escritos dos outros três, são sutilezas que de vez em quando saltam aos olhos. No caso do nosso dramaturgo, é gritante o desprezo às mulheres em seus textos de ficção e não ficção.

É autor de frases como "as feministas querem reduzir a mulher a um macho mal-acabado" e "nem toda mulher gosta de apanhar, só as normais; as neuróticas reagem". Suas tragédias cariocas não eram mera crítica de costumes. Seguiam uma lógica dramática milenar do teatro trágico: os personagens são punidos categoricamente pelos seus desvios e falhas de caráter. A dramaturgia, afinal, era uma arte educativa que pretendia mostrar aos espectadores que virar as costas para a moralidade vigente não compensava.

Em *Toda nudez será castigada*, o autor não pretendia criticar a censura ou a proibição da nudez. Pelo contrário, ele dizia "como é triste o nu que ninguém pediu, que ninguém quer ver". Seu objetivo ali era dar um aviso: você, homem de bem, você que cede aos desejos e desposa uma prostituta, sofrerá o castigo de ser traído pela esposa com o seu próprio filho do primeiro casamento, filho esse que fugirá com um ladrão boliviano. Ande na linha, brasileiro.

Por mais que o campo progressista abrace a obra de Nelson pela excelente denúncia da hipócrita família tradicional brasileira, seu conservadorismo é inegável porque era reafirmado por ele contundentemente. Ele defendia o mesmo regime militar que o censurava por achar que a ameaça comunista era real. Elogiava Médici. Não acreditava em tortura até que seu filho Nelsinho foi torturado. Não sei se, vivo fosse, ele estaria do lado certo da história, se seria contra o neofascismo.

Assim, apesar de ter revisto sua posição sobre a ditadura, Nelson tem, como se diz em gíria corrente, "um pano dificílimo de passar". Porém pego minha água sanitária, desinfetante, sabão, ácido muriático e esfrego com força esse pano no chão. É impossível não se render à sua escrita fluida, conectada à oralidade, impecável. Costumo dizer que Nelson foi o primeiro a estilizar o português brasileiro na literatura. Ou talvez outros tenham feito isso muito antes e ele levou essa característica ao estado da arte. Conseguiu escrever como se fala, sem perder a correção formal.

E é impossível também negar que, independentemente do objetivo moralizador, suas obras refestelavam-se nas imoralidades, expunham suas entranhas, retratavam sem dó as mentiras por trás dos pais de família, das moças recatadas, das donas de casa sufocadas pelos desejos reprimidos, ansiando por aventuras.

Donde volto à questão das mulheres. Vejam só, que peculiar: o misógino entendia muito bem a tal "alma feminina".

Explico-me. Suas tragédias puniam as mocinhas safadas, aquelas que não queriam andar na linha. A irmã mais nova que seduzia o cunhado, as que recorriam à prostituição sem nunca se arrepender, a anti-heroína que era bonitinha, mas ordinária. Elas eram dissimuladas, maldosas, prontas para tirar os homens do prumo.

Em uma época em que mulheres eram consideradas seres inferiores, dóceis, estúpidos, incapazes (será que mudou muito?), sua insistência em nos colocar como perversas, desejantes, libidinosas, capazes de armações e maldades concedia-nos uma humanidade que era negada à maioria das heroínas vitorianas.

O que nos leva à Myrna, o pseudônimo que assinou o folhetim *A mulher que amou demais*, à sua mocinha linda, doce e um tanto tresloucada, Lucia, e à sua nêmesis, Virgínia. A novela casou com algumas ponderações que tenho feito sobre o amor, o desamor, o não amor.

No texto que publicou junto ao primeiro capítulo da obra, Myrna dá um recado às leitoras: "pouco amor não é amor". Ela fala que só ama quem ama demais, que a vocação da mulher é amar demais, que a mulher que discute e esbraveja não ama, que só ama aquela capaz de se sacrificar pelo seu amor.

E como ouso dizer que alguém capaz de escrever isso entendia a alma feminina? Ora, não são as feministas que criticam, entre outras coisas, esse dispositivo amoroso que nos leva ao desgaste físico e mental? Não são as feministas que insistem que somos mais que nosso amor?

Ouso dizer porque é verdade, a triste e dolorosa verdade. No pensamento de Myrna e no romantismo desenfreado de Lucia e Virgínia, na disposição ao suplício daquelas jovens, Nelson traduziu como muitas de nós pensamos — ou, pior, agimos — em relação ao amor. Consigo ver muitas mulheres contemporâneas capazes de escrever aquelas frases em seus frêmitos de amor. E capazes de amar exatamente daquele jeito cego e abnegado. E não falo apenas daquelas devotadas ao lar, mas também de muitas feministas e empoderadas.

Infelizmente, conheço muitas mulheres que amam demais. E sofrem as consequências desse amor nas escápulas contorcidas de tensão, na cabeça explodindo de enxaqueca, no estômago corroído pela gastrite, no coração espatifado pelo abandono. Elas escutam o chorar dos machos e assumem a culpa pelo choro dos machos, elas aguentam os chifres caladas — muitas sequer fazem como tantas rodrigueanas, que chifram quando podem. Elas trabalham e voltam para casa e fazem a lista do supermercado e vão ao supermercado e cozinham e às vezes, sem notar a volta que o patriarcado deu, pagam as contas. E caladas, e caladas e caladas. Ou gritando, gritando, gritando para se justificarem diante das amigas feministas: eu gosto, eu gosto de cozinhar, ele está aprendendo, ele está doente, é só uma fase, um dia ele vai pagar essas contas, um dia ele vai me ouvir, um dia, um dia ele até lavou a louça. Como diria Nelson: é batata!

Por outro lado, conheço poucos homens que amam demais. A maioria sonega afeto. Recebe, mas se nega a dar. E os que amam demais em geral nos espancam, nos matam. Cometem aqueles crimes que paramos de chamar de passionais e, enfim, chamamos de feminicídio.

Myrna retratou não só mulheres que amam homens que não sabem amar como também os homens que não sabem amar. Em Lucia, uma bela jovem tão enlouquecida de amor que estava disposta a arriscar a própria liberdade. Em Virgínia, para meu regozijo, uma que não aceitaria o próprio martírio sem antes ferir quem a feriu. Em Paulo, mostrou o que um homem rejeitado é capaz de fazer. Ao retratar essas mulheres, Nelson demonstrou uma compreensão da subjetivação feminina com uma sensibilidade que falta à maioria dos autores homens. Ao expor esse homem, foi realista como sempre. Nelson podia ter muitos defeitos, mas exagerado ele não era.

Tudo isso em uma prosa impecável, que emula uma escrita cafona de folhetim sem perder aquela ironia fina tão característica do autor. Era bom de sátira, o safado.

Sigamos adiante. Ao ler *A mulher que amou demais*, nos convém perguntar: como pode o amor nos fazer sofrer tanto? São muitas as respostas possíveis, mas meu palpite é muito simples. Não é amor.

Será que não é amor?

Será que Myrna não estava certa, e pouco amor não é mesmo amor?

Será que o amor não existe justamente na devoção ao ser amado, na dedicação aos pequenos rituais diários de cuidado?

Será que a resposta feminista ao desamor dos homens e ao sacrifício que nos é imposto é amar de menos?

São pontos de interrogação, pois não encontrei nada que se assemelhe a uma resposta — afinal, muitos filósofos, poetas, escritores, músicos e cineastas já tentaram entender o que é o amor. Não existe unanimidade, e que posso saber eu? Só sei que não amar, ora bolas, não é amor. E vejo em minha geração essa tendência à fome de afeto, ao não amor.

Explico-me. Criou-se uma narrativa nas últimas décadas que versa que homens só querem sexo, mulheres só querem relacionamento — elas, aliás, nem gostam tanto assim de sexo, querem crer os homens ruins de cama. Determinou-se uma performance de gênero em que é papel da mulher insistir pela mão do consagrado, enquanto a ele cabe a esquiva. Um Carlos, doido para amar, apaixonado à primeira vista, quase não existe hoje em dia — ainda bem, porque está aí um tipo que também não é saudável (o meio-termo, onde foi parar o meio-termo?).

Com essa narrativa já consolidada, surgiram os aplicativos de relacionamento, uma máquina de gerar decepções que cabe na palma da mão. Foi uma festa para os rapazes. Logo descobriram que, para cada homem mais ou menos, há dez mulheres mais interessantes do que ele. Transaram como nunca, e transaram como sempre (mal).[3] As mulheres, enquanto isso, se alimentavam das migalhas. "O contatinho deu um like na última selfie, ele vê todos os meus stories, ele até dormiu de conchinha comigo!" Depois da migalha, veio o *ghosting*. O sumiço, a desorientação, o coração partido.

As mulheres que queriam amar demais eram rotineiramente humilhadas pelos homens que amavam de menos.

Sinto que o jogo começou a virar em algum momento. Às vezes, depois de muito apanhar, a vítima começa a reagir. Algumas mulheres passaram a só querer sexo, a quebrar corações, a deixar o outro no

---

[3] Nem todo homem.

vácuo. E os homens não lidaram muito bem com isso. Se antes fingiam ter medo de relacionamentos porque fazia parte da performance, hoje alguns de fato têm medo porque temem passar outra vez por aquilo que nós, mulheres, já passamos milhares de vezes: rejeições cruéis.

Nesse cenário, todo mundo passa fome. As mulheres porque, mesmo com a tímida reação, seguem se contentando com migalhas; os homens porque, diante do mínimo sinal de intimidade, saem correndo desesperados achando que foram pedidos em casamento ou que mais um trauma se avizinha.

Contudo, o mundo segue muito mais cruel conosco. Cedo ou tarde, mesmo o mais esquivo dos homens arranja uma mulher disposta a amá-lo, ou a convencê-lo a ser amado. Isso não vale para nós, ainda que possamos em algum momento ter gozado do gostinho da vingança ao desprezar certos homens emocionados. Demoramos muito tempo para achar algo que preste, e com frequência nunca achamos e nos contentamos com o que não presta. Quando finalmente encontramos alguém para amar, encontramos também um monte de trabalho não remunerado. Lá vamos nós sermos psicólogas, administradoras do lar, cozinheiras, tal qual as nossas avós.

Sabendo disso, muitas de nós se entregam, como Lucia. Outras abrimos mão do amor, temendo ser como ela, tão disposta a viver um sentimento arrebatador. Várias não aguentamos mais o ônus, não queremos mais o risco. Reagimos ao machismo anulando o nosso desejo, sofrendo para sofrer menos.

É triste a vida da mulher que ama. É triste a vida da mulher que não pode amar.

Que sejamos, então, como algumas dessas rodrigueanas. Doidas, perversas, vingativas, maldosas. Que nos permitamos ter a coragem de amar de Lucia, mas sem perder o ímpeto de odiar de Virgínia.

*Bruna Maia é jornalista, escritora e cartunista.*
*Autora do quadrinho* Parece que piorou *(2020)*
*e do romance* Com todo o meu rancor *(2022).*
*Publica tirinhas e textos no Instagram (@dabrunamaia)*
*e em veículos como* Folha de S.Paulo, UOL, Marie Claire *e* Piauí.

# DESPERTANDO FANTASMAS

*Luís Augusto Fischer*

Amar demais, em paixões súbitas que no entanto parecem ter nascido antes dos tempos. Casar uma vez para sempre, realizando um sonho da perfeição compatível com esse amor total. Odiar a um irmão como nos tempos de Caim e Abel, num abismo emocional sem fundo. Cultivar a vontade de matar como num romance de Dostoiévski, num processo em que razão e insanidade se mostram polos intercambiáveis.

E todo esse mix de emoções possantes escrito por um sujeito que domina o ritmo da leitura num grau impressionante, nascido no jornalismo sensacionalista e nos folhetins baratos, mas cultivado na dificílima arte do diálogo para teatro, em que já mostrara habilidade superior, com peças cujo estranho encanto permanece intocado muitas décadas depois.

Estamos falando de *A mulher que amou demais*, romance assinado por Myrna, um dos pseudônimos femininos empregados por Nelson Rodrigues, gênio da literatura brasileira.

O ANO ERA 1949, o país era o Brasil, a cidade era o Rio de Janeiro. Mas o Rio de Janeiro capital federal, em seu apogeu. O Rio de Janeiro no auge do samba-canção, do baião e do bolero, cantados em programas de rádio que encantavam plateias ao vivo e milhões à distância, num tempo em que esse era o grande meio de comunicação massiva (a TV seria inaugurada no país em 1950, e só viria a ter peso cultural na década de 1960). O Rio do Carnaval em processo de profissionalização, ultrapassando o estágio de amadorismo e espontaneidade comunitária, que perdia em genuinidade o que ganhava em mercado e em difusão.

Era um Rio de Janeiro que se lia em dezenas de publicações, entre diários e semanários, jornais e revistas, além de incalculável número de livros, uma infinidade de palavras atiradas ao mercado para abastecer a sede de leitura sobre atualidades, histórias, viagens, mas também e sempre sobre paixões e ódios.

(Era também o tempo do primeiro ápice de hegemonia da cultura massiva estadunidense, que ocuparia no grande mercado da arte e da diversão o lugar que a cultura francesa ocupava ainda no restrito mercado da alta cultura. Imagine um contexto em que, no cinema e na música, repontavam as consolidadas big-bands e o jovem Frank Sinatra, Elizabeth Taylor e Rock Hudson, Deborah Kerr e Gregory Peck.)

Era também a véspera da Copa de 1950, a primeira a ser realizada após a Segunda Guerra Mundial, que havia suspendido esse evento de proporções fortes, mas ainda longe das jornadas épicas que começariam, de certa forma, justamente em 1950, e no Brasil — mais precisamente no Maracanã, o fabuloso estádio construído para rimar com a pujança brasileira. (Sim, o Brasil perderia a final para o Uruguai, mas isso ainda não se sabia.)

Era o Rio de Janeiro que encantou um escritor como Stefan Zweig, austríaco, que ficou siderado pela cordialidade que via aqui, na convivência entre diferentes etnias e âmbitos culturais, todo ao contrário da hegemonia acachapante que o nazismo impunha ao mundo germânico e à Europa ocidental. *Brasil, o país do futuro*, livro lançado em 1941, era um hino à sociedade brasileira, que ele via como exemplo para o mundo.

Certo, o consagrado escritor austríaco nada viu do autoritarismo do Estado Novo (1937-1945), com suas prisões e censura, o que é uma omissão significativa; certo também que o autor elogiou a cordialidade brasileira porque tinha como ponto de partida o horror absoluto do nazismo, diante do qual o cotidiano carioca de fato terá parecido um céu na terra. Mesmo assim, algo de positivo é inegável que havia naquele momento histórico, no plano das relações sociais, como nunca se cansaram de elogiar pensadores como Darcy Ribeiro.

E, bem, o livro de Nelson saiu em 1949, quando a cara feia do Estado Novo tinha já ficado para trás e o país vivia uma democracia ativa e leve. Getúlio Vargas, que, até 1945, passara quinze anos no palácio do Catete como presidente, em 1950 voltaria ao posto em eleições livres.

NESSE MOMENTO, NA literatura vivíamos o zênite da geração de 1930, com os romancistas ganhando cada vez mais leitores — Graciliano Ramos, José Lins do Rego, Jorge Amado, Rachel de Queirós, Erico Verissimo — e os poetas expressando a modernidade de uma civilização — o que se via em Drummond, Cecília Meirelles e outros. Repontava no horizonte uma renovação também forte, com João Cabral de Melo Neto, Guimarães Rosa, Clarice Lispector. Não era pouca coisa; era muita: a maturidade do grande romance e da grande poesia do século XX.

Em relação a esses grandes escritores, Nelson era reverente, mas não se pode dizer que havia sido influenciado por eles: de fato, sua escrita havia sido forjada muito mais na prática do jornalismo algo sensacionalista do que na tradição narrativa, poética ou dramatúrgica local. A obra de Nelson no teatro é em si uma revolução, porque trouxe a língua falada para os palcos, e no romance guarda poucas relações com a grande geração que estava no auge — nem painéis históricos de famílias de origem rural, nem mergulhos psicológicos de personagens urbanos marcam seus romances.

VOLTEMOS AO CONTEXTO: esse mix de um país vibrante, numa cidade de vida cultural intensa em todos os níveis, do mais erudito ao mais popular, com rádio para todos (em 1950 começariam a ser vendidos os radinhos a pilha, portáteis), jornalismo impresso, canção popular protagonista e futebol encantador, compunha o mundo de Nelson Rodrigues, jornalista desde a adolescência, irmão do jornalista que, de tão identificado com o futebol, acabou sendo homenageado com seu nome no batismo do maior estádio do mundo, o Maracanã, oficialmente Estádio Mário (Rodrigues) Filho.

Aquele menino Nelson, nascido em 1912 em Recife e emigrado com a família para o Rio de Janeiro aos quatro anos de idade, escrevia para jornais desde os treze anos, em periódicos de seu pai, jornalista da antiga. Seu universo era a reportagem policial, que naquele momento vinha em relatos com requintes narrativos agora inimagináveis: as trajetórias dos personagens, com detalhes sensacionalistas não raro inventados, eram tão importantes para o texto quanto os fatos puros e simples.

Estávamos ainda vivendo os tempos anteriores à regra de reportagens impessoais e objetivas que a imprensa começaria a praticar nos anos 1960, seguindo o modelo estadunidense. Vale registrar que Nelson abominou com veemência essa nova tendência, chegou inclusive a tratar disso em suas crônicas, também elas um exemplo singular de texto no Brasil. Reclamava que essa objetividade era incompatível, não com os fatos em si, mas com a experiência humana. Fez a caricatura definitiva dessa moda ao simular o modo como esse novo jornalismo, objetivo e impessoal, anunciaria o fim do mundo: friamente, sem usar sequer um ponto de exclamação.

Em 1949, Nelson acumulava já um quarto de século escrevendo diariamente sobre o mundo das paixões e dos crimes, sempre com emoção. Mas havia outra dimensão ainda: como autor de peças de teatro, ele havia escrito (e levado à cena) três peças de extraordinária força, pela inventividade e pela capacidade de revolver a alma humana.

Em 1941, *A mulher sem pecado* abriu a série; em 1943, uma obra--prima, *Vestido de noiva*; e em 1946, outra pancada de entontecer a plateia, com *Álbum de família*. Tratava-se de um padrão de teatro inédito para autores locais e plateia brasileira: em lugar do teatro de pura diversão, com comédias ligeiras, e do drama burguês quase sempre conservador, com a moral tradicional saindo vitoriosa após alguns percalços, Nelson colocou em cena os bastidores da família, os tormentos invisíveis e interditados, os fantasmas secretos de todos.

Traições conjugais, relações incestuosas, desvendamento da hipocrisia de pais e mães, revelação de desejos interditados, tudo isso aparecia em cenas que borravam os limites entre a família e o cabaré, a política e a venalidade, o jornalismo e o horror, assim como entre imaginação, memória e alucinação.

Não menos importante, as peças eram faladas com a língua viva das ruas e das casas, o português brasileiro corrente, que pouco ou nada aparece até então no teatro, no cinema, na literatura. Mas atenção: não se tratava de simplesmente imitar o vocabulário cotidiano ou de incorporar a gíria; o tratamento da língua portuguesa por Nelson evitava o emprego de palavrões e do jargão da malandragem, mas incorporava o ritmo da fala, as repetições, a frase curta, a dinâmica, quer dizer, a alma da língua falada.

Isso no teatro. Mas Nelson havia também produzido romances de estilo semelhante ao que o leitor encontra aqui. *Meu destino é pecar*, *Escravas do amor* e *Minha vida* saíram em 1944. Dois pseudônimos femininos despontam desses títulos. O primeiro era Suzana Flag; o segundo, Myrna, nome este criado por sugestão do diretor do *Diário da noite*. Toda uma insinuação de intimidade solidária vai contida na figura de uma voz feminina, para público talvez majoritariamente feminino.

Ao ler um texto assinado por Myrna, assim, o leitor talvez fantasiasse estar diante de uma lente feminina de observação dos fatos, uma porta aberta para conhecer os segredos ali contados pelos olhos de uma mulher, supostamente mais habilitada para perceber sutilezas e narrar detalhes do que um homem. De todo modo, vale observar que na linguagem dos folhetins de Myrna ou de Suzana Flag encontramos os mesmos traços presentes nos textos assinados por Nelson ele mesmo.

Isso quer dizer que nada do que o leitor experimenta em *A mulher que amou demais* era novo para o autor. Nem o enredo ultrarromântico, com suas paixões súbitas e definitivas, os encontros inesperados e reveladores, os frêmitos e os tremores da paixão, as dúvidas radicais e as traições fulminantes, nem mesmo os elementos trágicos da morte, por assassinato ou suicídio, nada disso foi inaugurado nesta narrativa. Porque essa é a pista por onde corre, veloz e irrefreável, a imaginação do Nelson Rodrigues, tanto aquela que se expressou no teatro quanto a que povoa os folhetins de Myrna.

A cena inicial de *A mulher que amou demais* encontra a personagem central, Lucia, filha única de d. Dorinha e o dr. Otávio, na véspera do casamento, essa instituição que, no contexto, era um passo em direção à eternidade, indissolúvel, único, total, envolvendo seres puros em estado de amor absoluto. Isso idealmente, claro, porque na prática tudo pode desabar e ser revertido, mediante coincidências e acasos, novos arrebatamentos e fascínios, até o desfecho trágico — como se vai ler aqui.

Serão muitas as reviravoltas que povoam esse romance de estranho fascínio — o leitor aqui e ali vai talvez sorrir e perguntar se aquilo pode mesmo acontecer, se não está tendo uma alucinação. Pois é. O horizonte social em que ocorrem os fatos se mantém relativamente curto e simples (só há famílias da elite burguesa em ação); em contrapartida, o leitor vai se ver tragado para o centro desse vórtice a que quase ninguém resiste, vendo o despertar de fantasmas longamente adormecidos em cada um, numa rica experiência de leitura.

*Luís Augusto Fischer é professor de Literatura na UFRGS e autor do livro* Inteligência com dor — Nelson Rodrigues ensaísta *(2009), entre outros.*

## MYRNA ESCREVE:
## A mulher que amou demais[4]

Leitoras escrevem-me, e pedem informações sobre o meu romance *A mulher que amou demais*. Parece que, antes de mais nada, o título tem causado surpresa. A expressão "amou demais" parece que espanta. Há quem pergunte: "Pode-se amar de menos?". Eu própria convenho que não. Ninguém ama de menos. Sempre se "ama demais". Isto, dito assim, pode parecer meio vago, meio nebuloso. Digo "ama demais" atendendo a que todo o amor, seja ele qual for, excede, de muito, todos os limites, todas as medidas. De fato, não há uma medida para o amor. Não se sabe onde ele começa e onde acaba. Qualquer outro sentimento pode ser medido, inclusive o próprio ódio. Não o amor. Imaginemos uma amorosa. Se ela tem consciência de um limite, qualquer que seja ele, do seu amor, é porque não ama. Na vida sentimental da criatura, existem umas poucas verdades eternas. Uma dessas verdades é a seguinte: "Pouco amor não é amor". Sim, não há possibilidade de meio-termo. Ou muito ou nada. A heroína de *A mulher que amou demais* teve um sentimento absoluto. Um sentimento sem restrições, sem limites. Faz-se, às crianças, uma pergunta clássica: "Até onde você gosta de mim?". A criança responde à sua maneira. *Gosta* até certo ponto. E, pois, estabelece um limite. Em caso de adultos, esse limite seria a negação do amor. Qualquer uma de nós pode saber se ama ou não. Basta que se con-

---
[4] Texto da coluna "Myrna escreve" publicado no *Diário da Noite* em 18 de julho de 1949, edição de estreia do folhetim *A mulher que amou demais*.

centre um pouco, e veja "até onde" ama o ser amado. Se descobrir o limite, se considerar que ama, até certo ponto, pode despedir o pretendente. Porque, na verdade, sente, por ele, tudo: amizade, inclinação, simpatia, menos amor. Outro teste que não me custa sugerir às amorosas, de qualquer idade: perguntar "se fariam tudo" pela criatura amada. Quando nós dizemos "Isso eu não faria", estamos negando o nosso amor. E, na realidade, ele não existe. Pois a mulher que ama "faria tudo" em defesa do seu amor e do homem que ama. Se levanta uma dúvida, se cria uma restrição, se fixa o limite a que me venho referindo, não ama, ainda, talvez não venha a amar, nunca. O que há de trágico no amor, de positivamente trágico, é que "faríamos tudo", é que não há uma medida para o nosso altruísmo, a nossa abnegação, o nosso sacrifício. Direi mais: é no amor que o sacrifício deixa de o ser. Conheci uma moça que pedia, como um favor, como um obséquio sem preço, para sacrificar-se pelo noivo. Quando não havia possibilidade para nenhum sacrifício, ela sofria, ela ficava triste. "Dar a vida pelo bem-amado" pode parecer uma mera e inócua força de expressão, uma maneira de dizer ou uma atitude literária. Não, não é. Na verdade, cada uma de nós gostaria de fazer isso, gostaria de render esta suprema homenagem. E se encontrarmos, por um acaso, uma mulher cheia de rompantes, afirmativa, categórica, intransigente, a dizer que "não é boba", que "não admite isso ou aquilo", podemos concluir: "Não ama". Porque a mulher que ama é boba, sim; a mulher que ama admite isso ou aquilo e muito mais. Sei que não deveria ser assim; sei que ninguém devia abusar do amor que lhe dedica uma mulher. Infeliz, ou felizmente, o amor é assim mesmo, e assim as criaturas que amam. Ai de mim! Não estou fazendo nenhuma descoberta, mas indicando, apenas, algumas verdades essenciais, evidentes, que as amorosas conhecem, por experiência própria. Mas, vejamos outro caso: uma mulher que tem razão, que não abdica de sua razão e que discute e esbraveja. Pois bem: esta mulher não ama. Na verdade, amar é dar razão à pessoa amada que não a tem. Vocês compreenderam o milagre? Dar razão a uma pessoa que, absolutamente, não a tem?

Assim procedia a heroína de *A mulher que amou demais*. Por isso mesmo, "amava demais", o que equivale a dizer que amava simplesmente. Todos os dias, ela se surpreendia consigo mesma. Fazia coisas de que nunca se julgaria capaz. Julgava-se meio frívola, meio egoísta, e, no entanto, pouco a pouco, se mostrou capaz das mais raras, das mais estupendas abnegações. Todo mundo ficava espantado, inclusive ela própria: ou ela própria mais do que ninguém. Acontece, porém, que a bondade não era devida a ela mesma e sim ao amor. Ela amava, e pronto. O amor a induzia a uma série de atos, digamos assim, deslumbrantes. Sentia-se sublime, da manhã à noite, e havia, nela, uma inefável luz interior. Outro sentimento de minha heroína: sentia-se "diferente", sentia-se "anormal", sentia-se possuída de uma vida, de uma graça e de uma plenitude jamais conhecidas. Vou além, sentia-se humana e divina, e mais divina que humana. Por toda a parte, levava, em si mesma, um frêmito de sonho, que a tornava única, que a tornava incomparável, entre todas as mulheres.

Resta dizer que coloquei em *A mulher que amou demais* todo o peso de minha experiência vital. Tudo o que sei da vida, tudo o que sei do amor, está no meu romance. Ora, eu acho que devemos transmitir aos outros, devemos passar adiante toda experiência que acumulamos. É o que faço com o meu livro, que dedico às mulheres que estão, às que já estiveram apaixonadas, e às que se vão apaixonar.

# 1

## Nenhum homem tinha o direito de ser bonito assim

Foi exatamente na véspera do casamento. Dormira tarde e acordara cedíssimo. Correu para escovar os dentes, tomar banho, pintar-se. Já preparada, demorou-se alguns momentos diante do espelho. Ficou olhando a própria imagem, e não sem curiosidade e encanto. Achou-se bonita, ou, mais propriamente, linda. Sobretudo, de uma feminilidade intensa, que se irradiava dos seus menores gestos. "Sou bem mulher", foi o seu comentário interior. Nem baixa, nem alta; apenas a altura exata. E tinha um olhar vivo, um olhar de doçura inesquecível, e uma graça incessante. Raras mulheres têm um despertar razoável. Elas se tornam, na maioria dos casos, feias, feíssimas. Lucia, não. Lucia já acordava em estado de beleza. O vestígio do sono não interferia em nada com o seu encanto, não a enfeava, não sacrificava as suas feições, de um modelado nítido, perfeito. Não podia ser mais puro e bonito o desenho de sua boca. Vinte e quatro horas antes de se casar, olhando-se no espelho — ela experimentou um sentimento agudo de felicidade. Gostou de ser linda, gostou de ter uma imagem, uma figura, um contorno de corpo e um frêmito de vida e de sonho — que faziam os homens parar, na rua. Havia nela um quê misterioso, algo de secreto ou evidente, que perturbava os homens, incendiando-lhes a imaginação. De resto, podia agradecer ao destino. Era feliz, era felicíssima, quase não conhecia o sofrimento, e suas lágrimas podiam ser contadas a dedo. Lucia olhou, ainda uma vez, a própria imagem e saiu do quarto. Sua mãe, d. Dorinha, chamava:

— Você não vem, Lucia?

Respondeu, fechando a porta do quarto:

— Já vou, mamãe.

Tomou café depressa, embora d. Dorinha declamasse: "Faz mal comer depressa. Mastigue bem". Sugestões que a filha — aliás, filha única — jamais levava em conta. A casa já estava com o movimento dos grandes dias. D. Dorinha, num dinamismo de nervosa, acordara de madrugada e não parara um minuto, tomando providências, resolvendo e inventando os problemas. Enceravam o chão, faziam do assoalho um espelho e um criado, na escada, substituía lâmpadas no lustre central. Também o dr. Otávio, pai da noiva, apareceu, já pronto para sair: bebeu, sem se sentar, uma xícara de café. Lucia avisou:

— Eu vou com você, papai.

E ele, às voltas com um pigarro atroz:

— Então, ande.

Pouco depois, estavam pai e filha no carro. Lucia pensava em si mesma e em Paulo. A alegria a arrepiava. O destino fora bom para ela. Muitas mulheres a invejariam. Não que seu noivo fosse bonito. Não, não era. Nem feio. Digamos o termo justo — simpático. Diziam dele: "Rapaz fino", e nada mais exato. Fino, educado, elegante, nobre, pertencente a uma tradicional família. Tinha parentes ministros e um dos seus tios era industrial multimilionário. Entrara para a carreira diplomática e esta era a sua vocação incontestável. Não discutia, não elevava a voz, não se exaltava. Mesmo na dor era discreto e nunca se despedia de uma senhora sem lhe beijar a mão. Lucia, que completara, há pouco, dezoito anos, admirava essa polidez inalterável, esse autocontrole, esse domínio dos nervos. Às vezes, ela sentia uma certa pena de que os beijos do noivo fossem rápidos e um tanto frios. Olhando a paisagem, pelo vidro do automóvel, ficou descontente consigo mesma. Estava se achando restritiva para com o noivo. Protestou, mentalmente: "Os beijos de Paulo não são frios". Insistiu num esforço de autossugestão: "São como os beijos devem ser". Com este comentário interior quis, evidentemente, encerrar a questão. Mas ainda pousou a mão no braço do pai.

— Você gosta muito de Paulo, papai?

Ele parecia esperar por tudo, menos por uma pergunta assim concreta. Fumava um charuto de aroma agradabilíssimo e, sendo gordo, virou-se com dificuldade para a filha. Foi preciso:

— Você sabe, minha filha, que eu faço muito gosto com o seu casamento.

O que era pura verdade. Todos, em casa, sem exclusão dos criados, faziam gosto; todos consideravam o noivo um partido de primeira ordem. Todos apreciavam as maneiras de Paulo, as suas roupas, o seu alfinete de gravata, as flores que mandava nos aniversários da família.

A própria Lucia teve que admitir: "É perfeito". Mas interrompeu suas reflexões. Estavam na cidade, ela deu um rápido beijo no pai e desceu:

— Até logo, papai, até logo.

Ainda ficou parada, dando adeus ao dr. Otávio, que retribuiu pelo vidro do automóvel. E, em seguida, prestou atenção ao tráfego, porque ia atravessar a rua. Lembrou-se, não sem um certo humor, do que a mãe recomendava sempre: "Cuidado ao atravessar a rua". Era o pavor dos atropelamentos, sobretudo agora que existiam uns ônibus imensos, apavorantes como monstros antediluvianos.

Foi neste momento que aconteceu o inesperado. Digo "aconteceu o inesperado", como poderia dizer "aconteceu o maravilhoso, o mágico, o inverossímil, o absurdo". Pois quando a menina quis descer do meio-fio para o asfalto, teve uma sensação curiosíssima e tão estranha que ela jamais a explicou a si mesma: a sensação de que havia alguém atrás de si e de que esse alguém a olhava. Até aí nada de mais. Estava esperando que o sinal fechasse, e era normal que existissem outras pessoas nas mesmas condições, pessoas colocadas a seu lado, atrás e na frente. Também era normal que, sendo um tipo raro de mulher, a olhassem. Mas Lucia sentia a proximidade, não de uma pessoa qualquer, mas de alguém que não teria nenhuma relação com os transeuntes comuns. Sucedeu, então, uma coisa também inexplicável. Lucia não atravessou a rua, Lucia ficou no meio-fio, embora fazendo a si mesma esta pergunta: "Por que estou parada?". Sabia, por outro lado, que a pessoa não se mexera também. De repente, ouviu uma voz como jamais conhecera igual:

— Meu nome é Carlos e o seu?

Ora, a moça devia ter continuado o seu caminho, tanto mais que ia ao encontro do noivo e estava na hora, bem em cima da hora. Mas permaneceu onde estava, sem forças para esboçar um gesto, para articular uma palavra, para ensaiar um passo. Pensou, em desespero: "Sou uma noiva. Vou me casar amanhã. Meu noivo me espera". Dir-se-ia que, com isso, queria despertar as suas responsabilidades de noiva e quase esposa. Mas, contra a própria vontade, fez uma coisa aparentemente trivial: virou-se e olhou. Arrependeu-se, mas tarde, tarde demais. Fora apenas um olhar, um brevíssimo olhar. Tanto bastou, porém, para que captasse e gravasse no seu espírito uma imagem de homem. Durante seus dezoito anos de vida, vira muitos homens, milhares de homens, uns bonitos, outros feios e ainda outros nem feios, nem bonitos, nem simpáticos. Mas este era outra coisa, outra criatura; e o simples fato de vê-lo implicou para ela numa experiência, digamos assim, dramática. O sinal fechara outra vez, de modo que pôde, afinal, atravessar a rua. Não sozinha, porém, pois o desconhecido se instalara a seu lado, e com que irresistível naturalidade. O pior ainda não foi isso: o pior é que ele começou a falar. Talvez ela não compreendesse nenhuma palavra, estava atenta, apenas, à sonoridade dessa voz, à música dessa voz. Pela primeira vez, Lucia conhecia uma voz que a perturbava como uma carícia material.

Transiu-se toda, numa revolta inútil contra si mesma: "Sou noiva e não tenho o direito de me impressionar assim, de gostar de uma voz, de um rosto, que não pertencem ao meu noivo". E não era só isso: já vira homens bonitos; já os admirara, mas com uma admiração limitada, convencional. Tanto que os esquecia, dez, quinze minutos depois. Mas este, não. Ela *soube* — pois foi uma certeza plena, absoluta — que não esqueceria esse homem. Pensou: "Ser bonito assim já é pecado". E estava sofrendo. Mal o vira, começara imediatamente a sofrer. Não se lembrava mais do encontro com o noivo: não se lembrava mesmo do noivo; e talvez não se lembrasse nem do casamento. Afinal, não se conteve. Estavam numa esquina; parou, resolvida a se libertar daquela companhia e, sobretudo, daquela impressão. Foi positiva, enérgica, desesperada:

— Cavalheiro, sou noiva e...

Ele interrompeu, rápido e lacônico:

— Também sou.

— O quê?

— Noivo.

Durante alguns minutos, Lucia não soube o que dizer, nem disse nada. Preliminarmente, ela própria achara de um ridículo abominável chamá-lo de "cavalheiro", como se fosse um importuno vulgar. Agarrou-se a um argumento bem pouco convincente, aliás:

— Eu não o conheço.

O desconhecido inclinou-se, gentil:

— Nem eu. Também não a conheço.

Ela respirou fundo. Fez uma reflexão de menina: "Nunca mais devo olhar para esse homem".

A rigor, não devia nem olhar, nem ouvir, porque o seu magnetismo também se exercia pela voz. Ele era o que se podia chamar um "sedutor nato". Tudo o que ele fizesse ou dissesse já implicava numa fascinação, não se sabia se voluntária, se deliberada ou espontânea. Continuou a falar, e como as palavras ficavam mais lindas e sensíveis na sua boca:

— Você compreendeu bem? Se você não me conhece, eu também não a conheço. Se é noiva, também sou noivo. Nada disso importa.

— Importa — balbuciou Lucia. — Para mim, importa.

O rapaz sorriu; teimou persuasivo, convincente:

— Verá que não. Verá que não importa. Verá que só importa este fato: você se encontrou comigo, eu me encontrei com você.

Tentou interrompê-lo:

— Mas, afinal...

E ele:

— A verdade é que nós estamos errados: minha noiva não é para mim; seu noivo não é para si.

Lucia compreendeu, então, que estava diante da catástrofe.

# 2

## Eis o homem por quem me apaixonaria

Por que este *sentimento de catástrofe*? Por vários motivos, inclusive estes: encontrara-se com um desconhecido; fora acompanhada; ouvira suas palavras; e nada mais. Ora, na vida de uma mulher, sobretudo de uma mulher moça e bonita, tais acidentes de rua são comuns e de uma absoluta falta de importância e significação. Quantas vezes ela própria não fora incomodada no meio da rua, quantas vezes não sofrera impertinências? Nada justificava, pois, que estivesse perturbada e, mais do que isso, desesperada. Mas é que, agora, Lucia sentia que estava colocada pela primeira vez diante do destino: que este desconhecido não era como outros; e que a sua simples presença a impressionava até as profundezas do seu ser. O fato de achá-lo bonito — e bonito além dos limites humanos — parecia-lhe um pecado. Pensou, por outras palavras, o seguinte: "Uma noiva, na véspera do casamento, não pode ter certas admirações". E, além disso, sentia-se incapaz de resistir, eis a tragédia. Sabia, por antecipação, que tudo o que ele dissesse se gravaria no mais íntimo de sua alma. Olhava-o agora, uma contemplação intensa, como se quisesse guardar as suas feições, como se não quisesse esquecê-las. Mas não as esqueceria, jamais. Contudo, tentou um último argumento:

— Amanhã, ao meio-dia, me casarei no civil. Às cinco horas, no religioso. Portanto, tenha a bondade de não me seguir...

— Tudo isso são palavras, nada mais que palavras. Nem mesmo você acredita no que está dizendo.

Ergueu o rosto, numa desesperada tentativa de altivez:

— Quer me dar licença?

Ele afastou-se e deu passagem: ela pensou que estivesse livre. Não estava. Mal dera alguns passos e o sentiu, de novo, a seu lado. "É inútil, inútil", foi o que pensou, num estado de desespero que, afinal de contas, as circunstâncias não explicavam. "Estou muito nervosa", pensou. Na verdade, era ele, era aquela presença perturbadora, aquela encantada companhia que lhe dava uma tensão de corpo e alma. Sofreu, ainda mais, lembrando-se do noivo, que, com toda a certeza, a esperava no local combinado. De perfil para ele, ferozmente resolvida a não olhá-lo, e, em consequência, a não sentir a fascinação do seu rosto, do seu olhar e de toda a sua figura — ela o escutava. Formulou uma nova hipótese: "É um louco".

— Vou lhe dizer mais — continuou Carlos — você *ia* se casar amanhã no civil, você *ia* se casar amanhã no religioso...

Parou, espantada:

— E não vou mais?

Ele, porém, evitou uma resposta concreta:

— Quando a vi — há poucos instantes — pensei: "Eis uma mulher por quem eu me apaixonaria".

— Paciência, meu Deus! — suspirou Lucia; e repetiu, à meia-voz: — Paciência.

E o outro, imperturbável, imobilizando-a com a força doce e estranha do seu olhar:

— Agora, olhando-a, penso — imagine o quê?
Lucia fechou os olhos:
— Não imagino nada. Nem interessa.
— Pois estou pensando o seguinte: "Eis a mulher por quem *já* estou apaixonado". Ouviu bem?
Repetiu, devagar, em voz, sem desfitá-la:
— Estou apaixonado por você.

E continuaram caminhando. Sem querer, sem sentir — como que obedecendo a um desígnio não confessado a si mesma — ela se afastava, cada vez mais, do ponto em que combinara o encontro com o noivo. Poderia ser uma distração, uma simples distração. Mas ela própria, pouco adiante, reconhecia que sua "distração" era voluntária. Isso lhe deu, a um só tempo, pena e vergonha e a tornou mais descontente consigo mesma. Mal imaginava que, àquela hora, Paulo se exasperava. Poucas coisas o irritavam na vida; e uma delas, fora de qualquer dúvida, era impontualidade. Não perdoava a impontualidade a ninguém. Muito menos à mulher com quem, 24 horas depois, deveria casar-se. Parecia-lhe uma desconsideração, uma falta de carinho, uma falta de amor. Muito elegante, num impecabilíssimo terno, estava, numa esquina qualquer da cidade, andando de um lado para outro. De instante a instante, consultava o relógio de pulso, dizia entre dentes: "É o cúmulo!". Prometia a si mesmo dizer boas à Lucia: "Isso não se faz! Isso não se faz!" era a sua ideia fixa.

Para Lucia e Carlos as coisas foram acontecendo, à revelia, digamos, da vontade de um e de outro. Primeiro, houve um fato que não deixou de ser significativo e, mesmo, grave: ela pareceu admitir sua companhia, como se fosse um amigo ou, quanto mais não seja, um conhecido. Depois, aceitou um convite para entrar numa casa de chá. Foi, porém, bastante honesta para confessar a própria fragilidade:
— Eu não devia aceitar seu convite. Faço mal, muito mal. Mas não sei o que há comigo, francamente não sei.

E não sabia mesmo. Sempre se julgara uma pessoa normalíssima, nada extravagante, incapaz de um sentimento, de uma ideia ou de um ato que não tivesse uma lógica profunda, e, evidente, uma motivação completa. Talvez fosse equilibrada demais. E eis que, de repente, começava a agir contra todos os seus hábitos e todo o seu senso do bem e do mal. Sentou-se a uma mesa e foi dizendo:

— Sabe de uma coisa? Desde que o encontrei que duvido de tudo. Penso, inclusive, se não estarei sonhando...

— Sim, está sonhando sim. E eu também. Estar com você é sonho puro, só pode ser sonho. Imagine que saí de casa com a ideia fixa de encontrá-la.

— A mim?

— Claro.

Ela, admiradíssima, exclamou:

— Mas não me conhecia!

— Quem sabe? — foi a dúvida que ele insinuou. — Pode-se não conhecer uma mulher, mas saber que ela existe e desejar encontrá-la.

— Muito complicado isso...

Veio o garçom. Não era tempo de sorvete, mas Lucia pediu um assim mesmo. Ele hesitou entre um chocolate e um sorvete. Para coincidir com a companheira, optou pelo sorvete. E quando o garçom afastou-se, Carlos continuou:

— Vou explicar melhor: eu precisava encontrar uma mulher a quem eu pudesse dizer *tudo*, fazer as confissões mais absolutas.

Lucia suspirou:

— Não compreendo nada, nada.

— Compreende, sim. Ou compreenderá. Essa mulher que eu precisava, capaz de me inspirar a confiança mais absoluta, é você. Nenhuma outra no mundo — ouça bem — mereceria o que você merece de mim. A si, eu diria *tudo*. Por exemplo: se eu fosse cometer um crime, não teria dúvidas em chegar junto de você para declarar: "Vou fazer isso, assim, assim". Você quer saber qual é a pior tragédia de um homem que vai ser criminoso? Que vai matar alguém? Que dia após dia, hora após hora, engendra um crime, projeta-o em todas as minúcias? É não poder dizer a ninguém: "Vou matar!". Ou antes: só pode expandir-se com um cúmplice ou cúmplices, e esses não têm para o criminoso nenhum interesse humano, não representam nenhum conforto, nenhuma simpatia. Talvez — ouviu? — eu seja um criminoso, talvez, um dia mate alguém. Então, contarei a você.

Houve uma pausa, tanto mais que o garçom chegava com dois sorvetes. Note-se que nem Lucia, nem Carlos perceberam a presença do garçom. Estavam tão interessados um no outro, tão absorvidos numa contemplação recíproca e, digamos assim, apaixonada — que não sentiriam a presença de ninguém. O garçom fez o que lhe cumpria fazer e os deixou em paz.

Não tomaram conhecimento dos dois sorvetes. Felizmente, Lucia estava pintada, bem pintada; e assim ele não pôde ver a sua palidez, pois todo o sangue lhe fugira do rosto. E, mais do que nunca, teve o sentimento de uma catástrofe. Ele ainda disse, quase sem mexer os lábios:

— Olhe muito para mim, muito e sempre. Agora diga-me: acha bonito?

Ela quase sem voz confessou:

— Acho.

— Muito?

— E não é só você.[5] Todas me acham bonito. Desculpe que eu lhe diga uma coisa? Juro que não é vaidade, dou-lhe minha palavra de honra. É o seguinte: tenho a impressão de que nenhuma mulher me resistiria. Pode parecer loucura que eu próprio esteja dizendo isso; mas preciso que me ache mais bonito, ou belo, do que as outras; e que também seja mais fácil.

Silencia a pergunta de Lucia:

— Quem?

Quase, quase, Lucia deixou de respirar:

— Eu?

— Sim. *Preciso* que você me ache bonito, muito bonito. *Preciso* que você seja mais fácil do que as outras. *Preciso* que você se apaixone

---

[5] As duas falas seguidas de Carlos aparecem exatamente assim no original. Na primeira edição publicada em livro, foi incluída uma resposta de Lucia: "Muito". No entanto, entendendo que, na cena, Lucia está como que atordoada, e considerando a insistência de Carlos nas falas seguintes, optamos por manter o diálogo tal qual saiu no jornal.

por mim. E que tudo isso aconteça rápido, rápido. Não posso esperar, qualquer demora seria fatal, seria uma espécie de suicídio para mim.

Lucia fechou os olhos. Que situação absurda, meu Deus do céu! Estava, ali, em companhia de um estranho e de um estranho que, além disso, era louco, só podia ser louco. E o pior de tudo é que ela se sentia prestes a ficar louca, também. Pelo menos, já não se sentia ela mesma. Aceitava a companhia de um louco, submetia-se à fascinação desse louco e, diante da beleza do desconhecido, sentia-se comovida até às profundezas do seu ser.

Ela estava preocupada com uma coisa: Carlos falara num criminoso. Seria ele próprio? Estremeceu quando o rapaz fez a pergunta:

— Gosta do seu noivo?

Devia calar a resposta. E, no entanto, disse, com absoluta surpresa para si mesma:

— Não.

# 3

## Ela não sabia se era amor, se era ódio

Eis a situação de Lucia: 24 horas antes do casamento descobre que não ama o seu noivo e quase marido. Ficou muito pálida ou, antes, ficaria pálida, se não estivesse pintada. Doeu-lhe na carne e na alma constatar tão cedo essa falta do amor. Olhando para Carlos, pensava que a mulher só deve fazer certas descobertas muito antes ou muito depois do casamento. E nunca na véspera. *Saber* na véspera parecia-lhe um problema sem solução. Respirou fundo e, de segundo a segundo, a certeza se fazia mais profunda, mais irredutível. Era como se tivesse uma voz interior, a repetir: "Não amo, não amo...". Carlos não sorria, nem fez nenhum comentário imediatamente. Mas Lucia teve a impressão — talvez falsa — de que o seu olhar se tornava, a um só tempo, mais doce e mais intenso. Direi mais: ela se sentiu acariciada por esse olhar, fisicamente acariciada. Os sorvetes continuavam intactos, isto é, não estavam intactos, porque já se haviam derretido. Então, Carlos, sem desfitá-la, disse:

— Eu sabia, adivinhei que você não amava ninguém. Nem seu noivo, nem ninguém.

Ela protestou, subitamente irritada:

— Você não sabia. Nem você, nem ninguém. Eu própria — confessou — ignorava.

Não mentia: estava dizendo a pura verdade. Sempre se julgara enamorada de Paulo; sempre se julgara possuída de amor. Até aquele momento o amor parecia ser exatamente o sentimento que o noivo despertara nela, antes mesmo do namoro, quando o seu romance era apenas um flerte. A revelação fazia-se, brutalmente. Pois Lucia tinha uma sensação de abalo físico. Viu agora o seu sentimento, ou sentimentos, com implacável nitidez. Entre ela e Paulo não havia nada; e se havia alguma coisa era uma distância que se fazia cada vez maior. Perguntou a si mesma, com espanto: "Como se pode desgostar de uma pessoa de um momento para o outro?". Retificou, porém: não desgostara; simplesmente não gostara nunca. Experimentou uma angústia tão intolerável que se levantou:

— Vou-me embora.

Ele ergueu-se também; deixou em cima da mesa uma cédula grande. Teve que andar depressa, porque Lucia parecia fugir.

— Eu não lhe disse ainda — recomeçou — por que precisava encontrá-la, hoje, de qualquer maneira.

— Não me interessa.

O rapaz completou:

— Porque vou cometer um crime.

A princípio, Lucia não entendeu. Teve que fazer um esforço mental — um penoso esforço mental — para compreender o sentido de suas palavras. "Cometer um crime?", estacou de súbito. Podia ser uma brincadeira ou loucura; podia ser uma simples *blague*.[6] Ela, porém, *sabia* que não; *sabia* que ele não estava brincando. *Sabia*, por outro lado, como se fosse uma vidente, que ele *ia* cometer o crime e que este era inevitável.

Fitou-o, interrogativa, com o medo apertando o coração:

— Crime?

Caminharam, devagar. Novamente, ela se esquecia do noivo, do casamento. Até aqui quase se limitara a ouvir; e eis que assumia a iniciativa de fazer perguntas e de pedir:

— Conte tudo, não esconda nada.

Ele contou:

— Há muito tempo que penso *nisso*; há muito tempo que não penso em outra coisa.

— Quanto tempo? — foi a curiosidade da moça.

— Uns seis meses — calculou. — *Preciso* matar alguém.

— Como *precisa*?

— Digo *preciso*, porque não terei descanso, a vida será para mim um inferno enquanto não liquidar esse alguém...

Quase deixando de respirar, Lucia pensou nessa vítima misteriosa, sem nome, sem rosto, sem identidade. Seria homem? Seria mulher? Saberia que a morte a espreitava?

Carlos a segurava pelo braço, parecia arrastá-la.

— Continue — pediu Lucia.

Não havia ninguém perto; estavam numa calçada larga e deserta. Ainda assim, ele baixou a voz:

— O pior de tudo não é o crime em si mesmo; não é a sua execução. É esta fase que estou vivendo, que vivo há seis meses. Meu último pensamento, antes de dormir, é o crime; meu primeiro pensamento, ao acordar, é ainda *ele*. O homem que traz consigo a ideia de um crime deve ser o último dos desgraçados. Só ele sabe: a própria vítima, que seria a principal interessada, ignora, o mundo todo,

---

[6] Piada, graça.

milhões de criaturas ignoram também. Ser acompanhado por uma ideia, dia e noite, minuto após minuto — ah, que sofrimento! O ideal seria matar, de repente, improvisar o ato homicida, realizá-lo sob uma brusca inspiração. Nunca idealizá-lo, nunca pensar nele como se pensa num amor, nunca pensar na vítima como se pensa da criatura amada, isto é, de uma maneira contínua, exclusiva, fatal!

Lucia teve um arranco de desespero, como se aquele crime, apenas projetado, interessasse a ela, tivesse para ela um interesse vital:

— Ninguém precisa matar ninguém! — gritou, fora de si.

— Às vezes, *precisa*. Mas ouça ainda: desde que *isso* me ocorreu, desde que essa ideia se fixou em mim, que eu só tenho um desejo: encontrar alguém a quem eu pudesse dizer apenas o seguinte: "Vou fazer isso!". Compreende aonde eu quero chegar? Poder dizer, poder contar, significa uma espécie de libertação. Porque não só o criminoso futuro que sabe; outra pessoa sabe, também.

— E quem é? — pediu Lucia pelo amor de Deus. — Quem é esse alguém?

Continuava a preocupá-la essa vítima que ainda não o era, essa vítima que talvez não soubesse de nada, que não tivesse nenhum sentimento do próprio destino. Carlos se conservou calado. Parecia, porém, sofrer muito, sofrer demais. Lucia jamais vira, em rosto humano, uma tal expressão de sofrimento. Dir-se-ia que ele sofria mais que os outros, mais do que ninguém. E foi isso que a levou a um gesto involuntário: acariciou o rosto do homem que, já agora, deixara de ser um estranho, deixara de ser um desconhecido. Fez, para si mesma, essa reflexão: "Ele é menos estranho para mim do que meu noivo". Depois de o ter acariciado, arrependeu-se: se fosse coisa que pudesse fazer, apagaria do rosto de Carlos a carícia recentíssima. Segurou-a pelas mãos:

— Eu esperava de você um gesto assim. Ou antes: não esperava, limitava-me a desejar. Agora, sou menos infeliz. Encontrei uma pessoa a quem pudesse dizer: "Vou fazer isso! Vou matar um homem!".

Lucia teve uma exclamação:

— É um homem?

— Sim, é um homem.
— Ainda bem.
Inteiramente absurdo esse "ainda bem". Mas a verdade é que, por mais estranho que pareça, ela respirou de alívio. Pois lhe pareceria mais hediondo o crime se a vítima fosse uma mulher. Ela própria teve a consciência de que não pensava bem, de que seu raciocínio era insensato. Carlos prosseguia:
— Compreende, agora, por que eu disse que precisava conquistá-la depressa, imediatamente, sem perda de um minuto? — baixou novamente a voz. — Era para ter o seu amor antes do crime; para poder contar tudo antes da ação; e para saber que alguém não me condenaria, que alguém estaria do meu lado. Felizmente, você já me ama!
Ele, rápido e violento, segurou-a pelos dois braços, a ponto de magoá-la, sacudiu-a:
— Ama, eu sei que ama! Mas espere: quero ainda uma coisa de você. Talvez eu precise que você diga que esteve comigo, do meio-dia às quatro horas da tarde de amanhã.
— Para quê?
— Você saberá — foi a resposta misteriosa. — Mas se, amanhã, fizerem esta pergunta, diga que esteve comigo... Pelo amor de Deus, diga!
Protestou:
— Amanhã é o dia do meu casamento! Amanhã, não posso.
Viu-o afastar-se, rapidamente, como se fugisse. Ficou parada, atônita. Ah, meu Deus! Teve outra vez a sensação de que estava imersa num delírio. Via acontecer na sua vida coisas tão absurdas que a sua sensação era de que os fatos, os próprios fatos, estavam enlouquecendo.

# 4

## Não era loucura: era amor

Só DEPOIS QUE ele partiu é que ela, livre de sua presença, conseguiu, enfim, dar uma certa ordem às próprias ideias e sentimentos. Podia ter chamado um táxi e, de fato, chegou a pensar num táxi, mas acabou indo mesmo a pé. *Indo para onde?* Ela caminhava, eis tudo. Caminhava sem destino ou, por outra, não tinha consciência de seu destino. Precisava estar só, para pensar, sonhar e decidir da própria sorte. Uma coisa era certa: sempre que estivesse na presença desse homem, desse desconhecido que deixara de sê-lo, não seria dona de si própria, não seria ela mesma, mas passaria a agir como se fosse outra pessoa, outra mulher. "Meu Deus, meu Deus!" foi a sua exclamação interior. Andou durante meia hora ou quarenta minutos; e pensando sempre no mesmíssimo assunto. Só que não chegava a nenhuma espécie de conclusão. Tinha, porém, a sensação de que sua vida mudara, de que ela mesma mudara. "Mudara por quê?" Não, não sabia. Acabou chamando um táxi, mas, ao abrir a porta, estacou. Pois, de repente, teve a certeza, a absoluta, definitiva certeza, "de que não se casaria mais". Pelo menos, "não se casaria no dia seguinte". Reagiu contra si mesma: "Mas tenho que me casar!". Dez minutos depois, saltava em casa. Mãe e Paulo estavam na sala. D. Dorinha ergueu-se, ao vê-la. Veio, assustada e repreensiva:

— Onde é que você esteve, minha filha?

Paulo ergueu-se também. Estava sereno e com a sua inalterável polidez. Poderia vir o mundo abaixo que este diplomata nato não se permitiria nada além de uma consternação e de um espanto discreto. Sim, o noivo de Lucia não era nada exclamativo. Inclinava-se agora, diante dela, numa atitude de expectativa. Podia fazer uma reclamação prévia, podia estar por antecipação ofendido, mas ele preferia esperar uma explicação e só manifestar-se na base dessa explicação. O pior é que Lucia não pensara numa desculpa. Fez um esforço para descobrir, para improvisar esta desculpa. Estava, porém, nervosa demais. Não lhe ocorria nada, absolutamente nada; só lhe ocorria a verdade. E, evidentemente, a verdade era inconfessável. Como teria de mentir, irritou-se. Eis o que inventou, de momento:

— Tive uma dor de cabeça.

D. Dorinha e Paulo se entreolharam, sentindo a mentira. Ambos tiveram a mesma impressão: Lucia escondia uma coisa. Qualquer coisa que uma noiva esconda passa a ser grave; digo grave em função do seu estado de quase esposa. D. Dorinha perturbou-se. Não era comumente sagaz, mas o foi naquele momento. Tanto que achou uma solução. Disse:

— Com licença.

Foi esta a solução: retirar-se, sumariamente. Mas, para si mesma, fez a seguinte reflexão: Lucia estava com um ar esquisito. Quando saíra era uma coisa e agora voltava outra. "Que terá havido?" foi a pergunta que dirigiu a si mesma. Ausente a sogra, Paulo achou que podia se manifestar com a maior liberdade:

— Achei muito estranho — começou — que na véspera do casamento, exatamente na véspera do casamento...

— E que diferença faz que seja "exatamente na véspera"?

— Perdão, eu não concluí. Queria dizer se você acha justo o que fez.

— Que foi que eu fiz?

— Deixou-me esperando. — E insistiu, controlando a própria irritação: — Esperei meia hora. Acha bonito isso?

Quase, quase, ela responde: "Acho". Mas se conteve. Em vez de responder, calou-se. Olhava para o noivo. E foi como se o visse pela primeira vez. Não era mais um amigo, um íntimo, não era mais um noivo. Mas um homem de quem, de repente, no espaço de poucas horas, sentia-se separada por uma distância imensa. Fez, bruscamente, a pergunta:

— Queria que você me dissesse uma coisa, Paulo.
— Pois não.
— Imagine uma noiva. Vinte e quatro horas antes do casamento, ou 23, ou 20 — ela descobre que não ama o noivo.
Paulo, sem perder a polidez, dizia:
— Perfeitamente.
— Que deve fazer essa noiva?
O diplomata fez um esforço mental:
— Que deve fazer como?
Estava espantado e inquieto. Viera em busca de uma explicação, de uma desculpa formal, e não para sofrer um interrogatório. Lucia foi mais explícita:
— Deve casar ou não.
Ele, que estava em pé, sentou-se. Vacilou antes de dizer:
— Conforme.
— E há conforme ainda?
— Há, sim. Como não? Porque é preciso considerar as relações de um e outro, a situação do noivo, o ridículo, o escândalo. Que dirão os parentes, os conhecidos? E você acha — interrogava a noiva, parecia encostá-la à parede — você acha que uma mulher tem o direito de submeter sua família a esse vexame?
— Acho.
Foi muito lacônica e positiva com esse "acho". Paulo ergueu-se, perturbado. Começava a sentir, no ambiente, não sei que ameaças, que perigos, não propriamente para sua pessoa, mas para a sua carreira, o seu nome. E temia, tinha horror do "ridículo público". Um ridículo privado, que ficasse entre quatro paredes, que só parentes e poucas pessoas mais chegadas conhecessem — não o assustava. Mas quando o ridículo transpira, se torna notório — nunca! Note-se que ele estava vendo a hipótese de Lucia em tese, julgando-a em tese. Fez um esforço para não dar ideia de sua indignação:
— Você não tem direito de *achar* isso!
— Tenho — foi a resposta quase rancorosa. — Você me fala em vexame! — exaltava-se sem querer. — Em amor, o que interessam

são os vexames da noiva, da namorada e da esposa, e não os vexames dos parentes e dos conhecidos. Você conhece *vexame* maior do que casar-se com o homem não amado?

Paulo olhava, atônito, a noiva. Nunca suspeitara que ela pudesse ter, cultivar e muito menos dizer essas ideias. Que as tivesse, ainda admitia. Mas *dizer*, não, isso não! Foi, então, mais enérgico do que costumava:

— Perdão! A posição social do noivo...

Lucia saltou, o que é uma força de expressão, mas que dá uma ideia do seu estado psicológico naquele momento. Alterou-se, elevou a voz:

— Vou lhe dizer o que acho. Se a noiva descobrir, de repente, que não ama seu noivo, deve desmanchar o casamento, até diante do juiz!

Paulo considerou-a, então, de alto a baixo, lívido:

— Quer dizer, então?...

Mas não chegou a concluir a pergunta porque Lucia abandonava a sala, precipitadamente. Ele chegou até a porta da sala e a viu subir as escadas, correndo. Fez um prognóstico: "Quando chegar lá em cima, vai chorar". Previsão certíssima, porque foi, exatamente, o que Lucia fez. A doce, a equilibradíssima Lucia, tão cheia de saúde física e mental, e de sistema nervoso tão perfeito, abriu a porta do próprio quarto já chorando, já soluçando. Quase esbarrou com d. Dorinha que estava lá e vinha saindo. Claro que a pobre senhora ficou em pânico, quase tão grande quanto o do noivo.

Lucia atirou-se nos braços maternos, numa crise de pranto tremenda:

— Que é que há comigo, mamãe? — perguntava, entre soluços.

— Mas que foi, minha filha, que foi?

Lucia soluçava ainda; e só quando serenou um pouco, pôde explicar tudo, com a necessária coerência. Imaginasse a mãe que ela saíra de casa muito bem:

— Ia até muito bem-disposta, mamãe, muito feliz, alegre. E, ao voltar, começo a ter opiniões que nunca me passaram pela cabeça, começo a *achar* e a fazer coisas espantosas.

D. Dorinha, aterrada, insinuou a pergunta:

— Por exemplo.
E Lucia:
— Por exemplo...
Parou, sem coragem de prosseguir. Imaginou, por antecipação, o espanto de d. Dorinha. Esta insistiu.
— Parou por quê, minha filha? Você não confia em sua mãe?
Confiar, propriamente, nem tanto. Pois a opinião secreta de Lucia, a respeito de d. Dorinha, era que ela agia e pensava, às vezes, como uma criança, como uma menina e não como uma senhora. Disse, afinal:
— Mamãe, o que é que a senhora acha de uma moça que sai de casa apaixonada por um e volta apaixonada por outro?
— O quê?
Lucia concluiu:
— Ouça bem, mamãe: eu não me casarei nem amanhã, nem nunca, com Paulo.

# 5

## Qual a mais indesejável: a morte ou a loucura?

D. Dorinha não fez comentário. Teve apenas um fundo suspiro, uma exclamação abafada. Lucia esperou que ela se dissolvesse numa crise de nervos; admitiria mesmo a hipótese de um desmaio. Enganou-se, porém. A providência de d. Dorinha foi abandonar o quarto, precipitadamente. Ia muito branca, muito: e aqui cabe a expressão "pálida como uma defunta". Simplesmente pensava em chamar o marido que, na pior das hipóteses, era o chefe da família, o homem da casa. E, como tal, cumpria-lhe resolver o problema. Já embaixo, discando o telefone para o escritório do marido, d. Dorinha teve duas exclamações. Primeira: "Meu Deus do céu". Segunda: "Minha Nossa Senhora". A situação a aterrava, porque era em si mesma uma coisa monstruosa e também pela possibilidade de que a filha tivesse enlouquecido. Só um desequilíbrio mental poderia explicar a atitude de Lucia. Quando o marido atendeu, ela, que gostava de conversar, que explorava os assuntos até a última gota, foi sucinta:

— Venha, já, já!

E não acrescentou uma vírgula. Dr. Otávio teve uma medida da gravidade da situação vendo a esposa tão precisa e sintética. D. Dorinha sintética era um fato quase inédito. Diga-se que dr. Otávio não conversou. Interrompeu um negócio, deixou a pessoa furiosa, rosnando contra a desconsideração, e se atirou para casa. Ora, depois de telefonar para o marido, d. Dorinha foi para a sala. Deixou-se cair numa poltrona[7] quando a sogra entrou. Foi patético:

— A senhora viu?

D. Dorinha suspirou:

— Uma coisa horrível, meu filho, uma coisa horrível!

Paulo ergueu-se, enquanto d. Dorinha fazia o inverso, isto é, sentava-se. Fez, sem elevar muito a voz, as suas observações. Dramatizou muito; e, acima de tudo, uma coisa ou duas coisas o preocupavam de uma maneira atroz: a sua situação, a sua carreira. Tudo por água abaixo, caso Lucia não voltasse atrás. Parou, interpelou a sogra:

— A senhora diga, pode dizer, use de franqueza: eu mereço isso? — e insistia — mereço?

D. Dorinha conveio que não merecia. O noivo estava num tal desespero que experimentou um platônico alívio com a solidariedade convencional da sogra. Sobretudo, uma coisa assombrava, esmagava Paulo: a inexistência de um motivo. Não admitia, não podia admitir uma catástrofe sem motivo, sem uma razão, e assim, inteiramente estúpida, inteiramente obtusa. Se houvesse um motivo, fosse qual

---

[7] Embora não fique explícito, Paulo é quem se deixa cair na poltrona. Nota-se que, no parágrafo após o diálogo, o personagem se ergue "enquanto d. Dorinha fazia o inverso".

fosse, se houvesse uma razão! Mas não havia, ele estaria disposto a jurar a inexistência da razão, a inexistência do motivo.

— Muito desagradável! — era o comentário de d. Dorinha.

— Desagradabilíssimo! — reforçou o genro. — Desagradabilíssimo! E imagine a senhora o que Lucia alegou a mim? A mim, seu noivo?

— Que foi?

— Que deixara de gostar de mim, que já não me amava mais, imagine? Agora eu lhe pergunto, a si, que é mãe e esposa, a si que conhece a vida, se isso é motivo? É?

Aproximava-se da sogra, falava quase rosto com rosto e, contrariamente a seus hábitos e maneiras, estava violento e era como se exigisse da pobre senhora uma resposta amplamente satisfatória:

— Não — admitiu d. Dorinha, apavorada — não é motivo.

— Pois claro! — triunfou o noivo; e, por alguns momentos, viveu da alegria, da vaidade desse triunfo. Súbito, estacou, porque lhe ocorrera uma lembrança atroz: — O pior não é isso, o pior é que eu convidei o ministro! Fui lá pessoalmente, em seu gabinete, e fiz o convite!

Disse "fiz o convite" com uma desesperada ênfase, quase com um ar heroico. E era esse detalhe que o esmagava. Fechou os olhos, e imaginou a cena: o ministro chegando, de casaca, e ele reduzido à contingência de ter que declarar: "Não há mais casamento! A noiva mudou de opinião!". Semelhante situação parecia-lhe exceder, de muito, todas as provações de Jó. A própria d. Dorinha sentiu que, depois do convite feito, era quase impossível desfazer o casamento. Estavam os dois — sogra e genro — tão fora de si, que passaram a raciocinar do seguinte modo: o casamento devia realizar-se, não por qualquer outro motivo, mas por causa do ministro. A revelação do genro inspirou-a. Levantou-se e disse:

— Volto já!

Subiu para atirar, a face aos pés da filha, o argumento decisivo: "o ministro fora convidado!". Mas não chegou a subir imediatamente, pois quando punha o pé na escada, dr. Otávio chegou. Vinha na pior expectativa do mundo. Durante a viagem para casa, imaginara as coisas mais sinistras, inclusive a hipótese de morte. Entrou, perguntando, espavorido:

— Que foi?

D. Dorinha, na escada, caiu na asneira de dizer:

— Nada!

Ele, então, esbravejou:

— Nada como? A título de quê você me pregou um susto?

— Quer dizer — gaguejou a pobre senhora.

E, rapidamente, antes de subir com o marido, resumiu a situação. No fim, acrescentou que o "ministro fora convidado". Paulo, que se aproximara, ajuntou:

— E prometeu que vinha. Tomou nota da hora e da rua, num caderninho.

Dr. Otávio respirou. No fundo, estava aliviado. A única desgraça que considerava como tal era a morte. Achava a morte uma coisa hedionda e que o acovardava de uma maneira degradante. Aos 49 anos de vida, jamais deixara de tirar o chapéu à passagem de um enterro. Portanto, já mais calmo, subiu com a mulher. D. Dorinha ia dizendo:

— Precisamos convencê-la, Otávio!

Durante todo esse tempo, Lucia estivera no quarto, sozinha, imersa no seu sonho. E, de repente, sentiu uma saudade brusca. Na sua vida, tivera saudades de pessoas, lugares e fatos. Saudades mais intensas, menos intensas. Mas o que conhecia agora era uma experiência inédita, um sentimento novo e, digamos assim, lancinante. Quase um sofrimento físico. Numa palavra: saudade de Carlos. A ausência de um homem que vira de passagem, com quem conversara talvez meia hora ou pouco mais, dava-lhe um sentimento de solidão intolerável, criava em torno de si uma espécie de vácuo, de tremendo vazio. *Precisou* vê-lo, precisou estar com ele, sonhou apaixonadamente com a sua companhia. Neste momento, sentiu que mexiam no trinco da porta. Estremeceu, teve como que uma doce, uma deslumbrante, certeza:

— É ele!

Foi, não resta dúvida, uma espécie de alucinação. E sofreu um desencanto medonho quando viu entrar o pai e a mãe. Deixou-se cair na banqueta, em frente ao espelho:

— Ah, meu Deus!

Dr. Otávio veio, fê-la levantar-se, estreitou-a nos braços:

— Que foi, minha filha? Que é que aconteceu?

Lucia não perdeu a calma, não se desesperou, como fizera antes. Estava incrivelmente serena e lúcida. Disse as coisas que devia dizer com muita calma e dignidade:

— Hoje de manhã — disse — fui ao encontro de Paulo, com quem tinha marcado um encontro. E conheci um rapaz chamado Carlos.

Dr. Otávio prestava profunda atenção. "Conhecera um rapaz chamado Carlos" ia repetindo, para si mesmo, o espantadíssimo pai. Até aí nada de mais. Conhecer alguém, chame-se esse alguém Carlos ou não, parecia ser um fato trivial, isento de qualquer importância. Mal sabia dr. Otávio que este fato, aparentemente simples, era, na verdade, trágico. E uma coisa o impressionava: que a filha conservasse, dentro do que lhe parecia ser uma catástrofe sentimental, uma apavorante serenidade. Lucia continuou:

— Eu e esse rapaz entramos numa sorveteria, ele me falou num *crime* e eu me apaixonei por ele.

— Mas como? — foi o pasmo do dr. Otávio. — Você acha o quê? Que a gente se apaixona assim?

Ela foi lacônica, definitiva:

— Assim. E como estou apaixonada por um, não posso me casar com outro. Muito simples, parece-me.

Dr. Otávio e d. Dorinha se entreolharam. Um e outro não tiveram a menor dúvida: Lucia enlouquecera. Resta informar-lhe que punha num pé de igualdade, como desgraças autênticas e irrefutáveis, a morte e a loucura; e ele não sabia qual das duas coisas, mais indesejável, se morrer, se ficar louco. Então, aquele pai chorou pela primeira vez na vida.

# 6

## Apaixonada por um, noiva de outro

DE REPENTE, TODO mundo começou a falar em voz baixa. Cochichou-se que "não haveria mais casamento" e que "Lucia estava louca". Parece que as notícias transmitidas em voz baixa se divulgam mais rapidamente do que as outras. Num instante, como por milagres, vizinhos e parentes sabiam de tudo. O segredo deixara de sê-lo. No fim do capítulo anterior, deixamos dr. Otávio chorando, embora um dos seus princípios mais rígidos fosse aquele, segundo o qual "homem não deve chorar". É preciso observar que, diante das lágrimas do marido, d. Dorinha ficou tão espantada, que conteve ou, pelo menos, adiou as suas. Dr. Otávio desceu imediatamente. Convencido de que a filha enlouquecera, não lhe pareceu de bom alvitre argumentar com uma louca. Entrou na sala para comunicar ao genro a catástrofe. Fê-lo em termos precisos:

— Minha filha perdeu a razão!

Podia ter usado outras palavras, poderia ter dito "enlouqueceu" ou "ficou doida". Mas dr. Otávio se ressentia de um preconceito contra certas expressões. Não gostava de dizer "defunto", nem "doido", nem "louco". Declarar que Lucia simplesmente "perdera a razão" parecia atenuar a brutalidade do episódio. Não contava, porém, com a reação de Paulo. A rigor, o noivo devia ficar comovido e abandonar-se às manifestações de uma dor que as circunstâncias justificavam e, mesmo, obrigavam. Mas aconteceu coisa muito diferente. Paulo, que, aliás, já chamara d. Olívia, que era sua madrasta, não se libertara, ainda, da obsessão do ministro, do convite feito ao ministro.

Ficou, por alguns momentos, mudo. Seu raciocínio foi o seguinte: um capricho, uma opinião, uma resistência de Lucia, seriam obstáculos removíveis. Já a loucura, não. A loucura tornava impraticável o casamento. Pôs as mãos na cabeça, perdeu a compostura:

— Mas na véspera do casamento! Logo na véspera do casamento!

Dir-se-ia que o trágico do fato não estava na loucura em si, mas na inoportunidade.

Se fosse antes ou depois, podia-se admitir. Nunca na hora, ou quase na hora. Em desespero de causa, chegou a pensar em casar-se assim mesmo. Mudo, e andando de um lado para outro, eis o que ele pensava: "Se for um tipo de loucura manso, pacífico, pode-se tentar a cerimônia...". Mas ocorreram-lhe as hipóteses desfavoráveis. Acabou pensando em voz alta, abstraindo-se da presença do sogro:

— E se, na hora, ela tiver acesso? Diante do juiz ou diante do padre?

Também lhe passou pela cabeça a seguinte cena: o ministro indo cumprimentar a noiva e agredido por ela! Balbuciou, já transpirando:

— Não, não!

Virou-se para o sogro, interpelou-o:

— Que direi ao ministro? Não posso dizer que a minha noiva está *maluca*.

Dr. Otávio, que estava sucumbido, acabou se irritando:

— Que é que tenho com o ministro? Devo-lhe alguma coisa? Preciso dele, ora essa! Pense mais na sua noiva, meu caro!

Paulo exaltou-se:

— É muito bom dizer-se: "Pense na sua noiva!". Não, meu sogro, mil vezes não! — E teve um arranco de sinceridade, fez uma ostentação de egoísmo:

— Penso em mim mesmo! Penso na minha carreira! O ministro me garantiu que, depois do casamento, me nomearia para Alexandria. E agora?

A pergunta ficou sem resposta, porque acabava de chegar d. Olívia. A madrasta de Paulo era uma senhora prática, experiente e enérgica. O filho telefonara — "Venha, mamãe!" — e ela não perdera senão o tempo de pintar-se e tomar o carro. Ouviu uma sintética exposição que o enteado fez, com grandes gestos, e não disse absolutamente nada. Ou disse apenas o seguinte:

— Quero falar com a noiva.

Dr. Otávio fez um gesto que, traduzindo, queria dizer mais ou menos isto: "Está lá em cima". Paulo acompanhou a madrasta até a escada. Quando ela começou a subir, lançou o apelo:

— Pelo amor de Deus, mamãe, resolva a situação!

D. Olívia bateu na porta de Lucia. Mexeu no trinco e, como a porta não estava fechada por dentro, foi entrando. Há dez ou quinze minutos que Lucia e d. Dorinha estavam, ali, sem dizer uma palavra, cada qual entregue aos seus pensamentos particulares. D. Olívia beijou uma e outra e sentou-se. Não estava alterada, isso não. Aliás, não se alterava nunca. Quanto mais grave fosse a situação, com mais serenidade e lucidez ela se comportaria. Lucia narrou a mesma história: encontrara-se com um desconhecido etc. etc. D. Olívia a deixou contar tudo e não abriu a boca. Quando Lucia acabou, ela começou:

— Não tem importância, minha filha, não tem importância.

— Como não tem? — espantou-se Lucia.

D. Olívia expôs com muita simplicidade e não sem certa força de persuasão os seus pontos de vista a respeito:

— Minha filha, eu tenho mais do que o dobro de sua idade e duzentas vezes mais experiência. Já vi tudo na minha vida. E uma coisa posso lhe afirmar, sob palavra de honra: de todos os motivos que possam impedir um casamento, o mais fraco é a falta de amor.

— Não acho — cortou Lucia.

— Mas é, minha filha, é! Você pensa que eu me casei apaixonada? Ou que sua mãe se casou apaixonada?

D. Olívia virou-se para a mãe de Lucia. Fez a pergunta:

— A senhora casou-se apaixonada?

D. Dorinha empalideceu. Não gostava de confusões e considerava a sinceridade a mais desagradável das virtudes. Gaguejou:

— Bem, quer dizer...

A outra, implacável, teimou:

— Casou-se apaixonada?

D. Dorinha fechou os olhos, suspirou, admitiu:

— Não.

— Nem eu — prosseguiu d. Olívia. — Ninguém se casa apaixonada. Casamento de amor só existe na proporção de um por mil, se tanto. E não dá certo. Porque o amor se gasta: essa história de amor eterno é bobagem. O grande casamento, sabe qual é? Aquele que se baseia na posição social do noivo, no luxo, no dinheiro, em coisas concretas, compreendeu? Basta que a mulher tenha tolerância pelo homem. Nada de mais.

Então, Lucia fez a pergunta:

— E se a mulher se apaixonar depois?

— Mas isso é uma hipótese, minha filha, uma simples hipótese. E ninguém tem direito de desmanchar um noivado por causa de uma hipótese...

Lucia não respondeu nada, imediatamente. Mas pensou que, no seu caso, não havia hipótese, mas uma realidade presente. Ela já estava apaixonada. Acabou dizendo:

— Não me caso. É inútil — não me caso.

Logo começaram a afluir os parentes e as visitas. Todos chegavam com esse ar inconfundível de quem "sabia tudo". Subiam para o quarto de Lucia, depois de cumprimentar o noivo que permanecia, na sala, muito pálido e muito fúnebre.

Lucia, rígida, fria, incomovível, recebeu os mais variados apelos. Usavam-se argumentos inverossímeis: uma tia queria demovê-la, sob alegação de que ela mesma e as filhas haviam comprado vestido novo para o casamento. E dizia:

— Tanto dinheiro posto pela janela!

Outros ou outras falavam no escândalo, na "vergonha para a família". Lucia respondendo com outro argumento:

— Vergonha para a família e não para mim. Pior seria se fosse para mim.

Ponto de vista que escandalizou a todos e pareceu a todos desumano. E quando já pareciam inúteis todas as tentativas, d. Olívia, que se achava num canto, aproximou-se de Lucia. Levou-a para um outro canto e quis saber:

— É muito bonito esse homem que você encontrou?

— Muito?
— Demais?
Admitiu, com doçura:
— Demais.
Com surpresa para todos, d. Olívia veio trazendo Lucia pelo braço. Desceram, atravessaram a sala, o hall, até que chegaram na varanda. Lá estava um homem à espera. Lucia não pôde imaginar de quê ou de quem se tratava. D. Olívia perguntou, apenas:
— É ele?

# 7

## Era uma mulher viva, e sua alma estava morta

NÃO SE PODE descrever o espanto de todos os presentes quando d. Olívia, muito digna, altiva, o queixo empinado, passou levando Lucia pela mão. E a noiva ia muito dócil, numa passividade de menina. As pessoas que estavam no andar inferior, e que ainda não haviam visto a moça, ficaram espantadíssimas. "Não parece louca", era o comentário interior dessas pessoas. Quando se fala em "louca", em "doida", a tendência geral é para imaginar uma louca ou uma doida furiosa. Ora, Lucia estava muito serena, muito doce. Quando, na varanda, d. Olívia perguntou: "É ele?", Lucia experimentou, é mister que se diga, o maior choque de sua vida. Aliás, é melhor substituir a palavra: deslumbramento, e não choque. Carlos estava ali, mais belo do que nunca:
— Carlos! — foi a exclamação de Lucia.
Ela poderia ter perguntado a si mesma ou, então, a d. Olívia: "Carlos aqui? Por quê? Se ele não conhece ninguém? Se eu própria o

desconhecia antes?". Mas não perguntou nada. Limitou-se a aceitar o fato que em si mesmo era maravilhoso. Para que perder tempo em indagações e conjecturas? Ele estava num canto da varanda, com o mesmo terno de antes, um azul-marinho, que assentava muito bem com a brancura de sua pele. Viu a chegada de Lucia e de d. Olívia e não manifestou surpresa. Lucia teve, outra vez, a sensação de que era arrebatada num grande sonho. Suas mãos estavam frias. Num fio de voz, confirmou para d. Olívia:

— É ele sim, ele.

As visitas que se achavam na sala haviam se aproximado instintivamente. O mais estranho é que todos, sem exceção, fizeram a seguinte associação de ideias: a presença de Carlos ou, antes, a pessoa de Carlos tinha alguma relação com a loucura de Lucia. Fez-se assim luz em todos os espíritos, e houve entre os presentes um frêmito, um espanto, uma excitação. E, em suma, concluiu-se que não era loucura, não era doença mental e sim escândalo. Pois Carlos, a sua pessoa, a sua fascinação, justificava que uma noiva, a 24 horas do casamento, desmanchasse o noivado.

D. Olívia, observando a aglomeração na varanda, protestou, com uma irritação controlada:

— Dão licença, sim?

Houve um recuo. Os curiosos retornaram à sala e, então, d. Olívia, Lucia e Carlos ficaram sozinhos na varanda. D. Olívia trouxe Lucia pela mão até Carlos. E quis saber:

— Já se conheciam?

Lucia baixou a cabeça, com as faces em fogo.

— Não.

Carlos podia sorrir, podia ter apertado a mão da moça, mas se conservou imóvel, grave e triste. Lucia não pôde deixar de pensar que sua tristeza era linda: e lembrou-se do *crime*. Era um assassino ou, antes, ainda não era, mas *seria* um assassino. Ao mesmo tempo, ela se preocupava e se atormentava, pensando na vítima, nessa vítima misteriosa, sem nome, sem identidade. D. Olívia, em silêncio, muito atenta e sagaz, olhava ora um, ora outro. Lucia tremia. Era olhada por ele, o que equivalia a dizer — era acariciada por ele, era fisicamente acariciada. Antes de conhecê-lo, jamais admitira que existisse no mundo um olhar assim, capaz de comover uma mulher, de perturbá-la, como uma carícia material. Houve um momento em que fixou o seu olhar no rosto do rapaz. Prestou atenção no desenho de sua boca e, embora procurasse desviar o pensamento, imaginou-se beijada. Não, não! Teve uma expressão de sofrimento que foi tão nítida, tão marcada no seu rosto, que d. Olívia quis perguntar: "Está sentindo alguma coisa?". D. Olívia quebrou o silêncio. Foi sucinta. Disse para Carlos:

— Lucia, a noiva de Paulo.

E para Lucia:

— Carlos, irmão de Paulo.

Lucia olhou a sogra e o cunhado, atônita. "Irmão de Paulo" era o que repetia a si mesma, compreendendo que, enfim, a catástrofe desabara sobre sua vida. Sentiu-se perdida, para sempre perdida. Houve nela uma brusca, quase irresistível vontade de gritar; e, mais do que isso, de fugir gritando como uma mulher que, de repente, se vê colocada diante de um destino por demais hediondo. Mas esta vontade passou tão depressa como veio. Estava, porém, rígida, hirta, e um ríctus de maldade na boca.

Disse, entre dentes:

— Irmão — teve uma vontade de rir que também cortou. — Irmão?

Carlos podia ter dito qualquer coisa; e o seu silêncio começava a exasperá-la.

Mas, antes que falasse, d. Olívia se interpôs:

— Irmão propriamente, não. Quase. Foram criados juntos.

Lucia virou-se, rápida, para d. Olívia:

— Quer dizer, então — parou, suspensa — quer dizer que não são irmãos legítimos?

— Não, não são — admitiu a sogra — mas é como se fossem. Aliás, creio que não podiam ser mais amigos.

Lucia teve uma exclamação que d. Olívia, sagaz e sensível, compreendeu:

— Oh! Graças, meu Deus! Graças!

Sim, agradeceu ao destino que não fossem irmãos de sangue. Porque... Cortou o fio do próprio pensamento. A partir do momento em que conhecera Carlos, não podia pensar, não podia sentir livremente. Precisaria vigiar o pensamento, precisaria vigiar o sentimento. E, sem querer, teve uma espécie de lamento muito doce:

— Ainda não ouvi a sua voz.

Ele sorriu, apenas. Mas este sorriso pareceu aumentar a tristeza do seu rosto, dos seus olhos. D. Olívia, porém, a chamava:

— Vamos, Lucia, vamos. Carlos ficará esperando.

Levou-a, de novo, pela mão. À medida que Lucia se afastava, crescia o seu sofrimento e se fazia maior e, digamos, mais dramática a distância da criatura amada. Sentiu, de novo, a falta de Carlos, o vazio criado pela sua ausência. As visitas e as parentas viram as duas passar. Houve um murmúrio e nada mais. Numa palavra: d. Olívia pediu licença a todos, inclusive a d. Dorinha e dr. Otávio, e trancou-se com Lucia no quarto. Foi direto ao assunto:

— Quando você disse que se apaixonara, e de repente, eu pensei em Carlos. Olhe, minha filha: conheci muitos homens. E o único, entre eles, capaz de virar a cabeça de uma mulher, de torná-la enamorada, de maneira assim instantânea — é Carlos. Só ele, nenhum outro.

Lucia confirmou, sem querer:

— Basta vê-lo.

— Sim — disse a outra, com irritação. — Muitas vezes pergunto a mim mesma se alguma mulher poderia resisti-lo. Duvido, duvido muito.

— Eu também duvido — suspirou Lucia.

— Portanto, desconfiei que seria ele. Mas, agora que você sabe que é ele, e os laços que o unem a Paulo, você deve compreender que é impossível, completamente impossível. O próprio Carlos não poderia aceitar a situação, compreende?

— Não.

Pela primeira vez, d. Olívia desorientou-se:

— Como?

Lucia disse, apenas, sem se alterar, com uma serenidade sobre-humana:

— Continuo no meu ponto de vista: não me casaria com um, amando outro.

D. Olívia ia replicar qualquer coisa, e talvez áspera, mas mudou, subitamente, de opinião. Mandou Lucia esperar e saiu. Lucia ficou sozinha, pensando nele, e só nele. Dir-se-ia que sua alma nascera ao vê-lo pela primeira vez. Dez ou quinze minutos, bateram na porta. Eram d. Olívia e Carlos. Este adiantou-se, d. Olívia ficou na porta:

— Lucia — começou Carlos — eu quero lhe fazer um pedido.

— Faça — balbuciou a moça.

E ele, baixando a voz, doce, persuasivo:

— Quero que você se case amanhã, com Paulo.

Que sucedeu, depois? Lucia guardou de tudo uma lembrança nebulosa. D. Olívia chamou os pais da moça, as visitas, os parentes. Diante de todos, com um ar de sonâmbula, a própria Lucia anunciou:

— O casamento é amanhã. Eu me casarei amanhã.

E, em seguida, teve a sensação de que sua alma estava morta.

# 8

## Não era o homem do meu destino, nem de sua alma

Depois que Lucia declarou que se casava, houve satisfação geral. A notícia chegou a Paulo, que estava, como se sabe, embaixo, na sala. Ele se precipitou, tropeçando nas visitas. Subiu a escada, de três em três degraus. Diplomata nato e hereditário — seu avô fora cônsul em Liverpool — perdeu a compostura. Antes de chegar no alto da escada, quase fez cair uma senhora, que vinha em sentido contrário.

E, enfim, chegou ao quarto, atirou-se na direção de Lucia, apertou-a de encontro ao peito. Não disse nada, com medo de que sua voz se partisse num soluço. "Chorar, nunca!" foi a recomendação que se fez a si mesmo. Disse, apenas, com voz trêmula e os olhos molhados:

— Obrigado, Lucia, obrigado!

A noiva não respondeu. Segundo o depoimento das pessoas que, no momento, se achavam no quarto, ela mais parecia uma sonâmbula. O próprio Paulo, ao estreitá-la nos braços, sentiu-a gelada. E não se veja nisso nenhuma força de expressão: estava *fisicamente* gelada. Não havia nos seus olhos nenhuma vida, nada. Carlos, perto, cruzara os braços. Parentas de Lucia reparavam na sua beleza. "Belo demais", teria cochichado alguém. Enfim, resolvida a situação, Paulo deixou o quarto.

Diga-se que não estava de todo sossegado. O aspecto de Lucia não lhe parecera nada tranquilizador. "Não me parece normal", pensava; e pedia por tudo que, se ela tivesse de sofrer algum acesso, que fosse depois da cerimônia, depois da retirada do ministro. D. Olívia veio atrás do filho; conversaram no corredor:

— Que é que você achou? — quis saber d. Olívia.

Ele respondeu com outra pergunta:

— Mas ela está ou não está *perturbada*?

"Perturbada" queria dizer louca. D. Olívia pôs os pontos nos "is".

— Nada, meu filho! *Perturbada* coisa nenhuma!

— Não?

— Claro. Gosta de outro, pronto!

— Então, é verdade?

— Ora!

Agora os dois, mãe e filho, desciam a escada. Paulo, lívido. Era contra os ciúmes: achava os ciúmes uma manifestação doentia. Um homem de certa posição não podia ter ciúmes. Mas o fato é que ele os sentia, pela primeira vez. Teve uma brusca vontade de voltar e exigir da noiva a identidade do *outro*. Lembrou-se, porém, do ministro. Lucia podia se irritar, podia desmanchar outra vez o casamento. Embaixo, no hall, Paulo não se conteve. Disse, entre dentes:

— Ela me paga! Ela há de pagar!
D. Olívia, baixo também, com medo de que a ouvissem, repreendeu:
— Que bobagem, Paulo! Parece criança!
Ele saiu, levando na alma um fel medonho. D. Olívia, preocupada, mas serena, voltou. "Preciso controlar essa pequena." Mas, a caminho da escada, encontrou Carlos. Chamou-o para conversar no jardim. Ele ironizou:
— Conversar?
— Sim, meu filho. Quero que você me prometa...
Cortou, categórico:
— Não prometo nada!
D. Olívia parou, atônita:
— Não?
— Claro! Aliás — fez uma pausa, para indicar Lucia que vinha chegando — eu preciso, primeiro, conversar com sua nora.
D. Olívia disfarçou, com muita habilidade:
— Pois não, pois não!
Afastou-se, depois de sorrir para Lucia. Então, Lucia e Carlos dirigiram-se para o jardim. Carlos sempre dizia que a bisbilhotice de parente é uma coisa mortal. E, naquele momento, não teve a menor dúvida, as primas e tias da noiva, presentes na sala, entregavam-se a uma furiosa maledicência. Fosse Carlos menos bonito, talvez o fato passasse em branca nuvem, sem maiores reparos. Mas a sua beleza de homem era em si mesma algo de insólito. Dizia-se que ninguém tinha o direito de ser bonito assim. D. Olívia, numa tentativa para fazer cessar os comentários, ainda informou:
— Irmão do noivo — e sorria, melíflua.
Uma velha, esquálida, de maus dentes, fez admiração.
— Ah, são irmãos? Não se parecem. Nada, nada.
Não se pareciam, com efeito. Eram dois tipos físicos bem dessemelhantes. Três primas de Lucia, ardendo em curiosidade, foram para o vidro, espiar os dois no jardim. Lucia e Carlos conversavam. A primeira atitude da moça foi um lamento.

— Você mentiu, Carlos! — teimava, na sua obsessão. — Mentiu.

Carlos não compreendeu logo:

— Menti, eu?

— Então, não mentiu? Disse que me amava, jurou que me amava!

— E ainda juro!

Ela torcendo e destorcendo as mãos, acusou-o:

— Se me amasse, de verdade, não me pediria para casar com Paulo! Eu já tinha desmanchado tudo e não voltaria atrás. E você pediu, Carlos! Por quê? — agora queria conhecer o motivo, a razão secreta que o levara a fazer o pedido. — Por que fez isso?

— Você saberá um dia — foi a promessa misteriosa.

— Por que um dia e não agora? Ah, Carlos! Por que você não apareceu muito antes ou muito depois do casamento? Por que apareceu na véspera? Eu estava tranquila e feliz; e amava meu noivo.

— Não amou, nunca!

Lucia se desorientou:

— E se não amava, pensava que sim. Mas você chegou e eu mudei, Carlos, já não sou a mesma mulher, sou outra coisa. De repente, de um momento para outro, eu compreendi que não havia mal entre mim e meu noivo. Compreendi, também, que ele não era o homem do meu destino e de minha alma. Achei-o subitamente ridículo...

Então Lucia começou a rir; e era um riso em crescendo que acabaria se fundindo em soluço:

— Você compreende o que é uma mulher casar-se com um homem ridículo? Um homem para quem o maior problema é o vinco das calças. Suas calças jamais perderiam o vinco. Seria para ele uma catástrofe — ouviu? — o fim do mundo, uma desgraça suprema, quebrar esse vinco...

Era uma caricatura que fazia do noivo. Mas estava desesperada contra ele, precisava rebaixá-lo, amesquinhá-lo, cobri-lo com o seu riso insultante. Bruscamente, cortou a própria fúria. Ergueu o rosto sereno para Carlos, fez o apelo:

— Peça, Carlos, peça para eu não me casar! Diga: "Não se case, Lucia".

Ele a segurou pelos dois braços, sacudiu-a:

— Não, não! Não peço, não posso pedir, não quero pedir! — baixou a voz. — Primeiro, eu preciso... — parou, como se fosse recuar de uma revelação abominável.

Ela perguntou:

— Primeiro o quê?

E ele:

— Preciso fazer *aquilo*.

Lucia fez um esforço para se recordar. Uma voz interior repetia: *aquilo*... De repente, ela se lembrou — *o crime* — foi como se o seu coração tivesse parado de bater. Automaticamente, o problema do seu casamento passou a um plano secundário. Ou melhor: foi como se o problema do seu casamento jamais tivesse existido. Carlos pensou em segurar, entre as suas, as mãos de Lucia. Mas não realizou o desejo, podiam estar olhando. Substituiu o gesto por uma pergunta:

— Você me acha um assassino?

— Não — balbuciou.

Ele insistiu, não sem crueldade:

— E se for assassino, terá horror de mim?

— Não.

Dizia um "não" do fundo da alma. Sentia que fazia mal dizendo isso, sabia que sua atitude talvez fosse um claro incentivo aos planos tenebrosos do rapaz. Mas todo o seu ser tendia a isso, tendia a essa promessa ou compromisso de um perdão prévio e definitivo. Desta vez, ele pensou em beijar-lhe as mãos; novamente, o medo de que seu ato tivesse testemunhas conteve-o. Lucia sentiu-se penetrada pela doçura do seu olhar. Ele dizia, com um fervor que a comoveu.

— Sempre eu desejei encontrar uma mulher assim.

— Assim como?

— Incondicional como você. Que não me julgasse ou só me julgasse para me absolver. Que me absolvesse todos os dias e todas as horas. Que fosse solidária comigo no bem e no mal. Uma mulher que tivesse horror do crime e me aceitasse como criminoso.

Lucia chorava, ao confirmar:

— Sou incondicional assim — e fez uma reflexão que jamais lhe ocorrera, que lhe ocorria pela primeira vez. — Mas todas as mulheres que amam são assim, não são? Incondicionais?

Já estavam demorando; pelo vidro das janelas, primas e tias não perdiam nenhum dos seus movimentos. Mas antes de se despedir, Carlos ainda disse:

— Pode se casar com Paulo, porque... Bem, não adianta antecipar... É melhor não antecipar... Mas eu conto com você sempre. Até meu último segundo de vida, conto com você...

# 9

## Amor, eterno amor

Depois que Carlos saiu, Lucia voltou, lentamente, para o interior da casa. Vinha, de novo, com um ar de sonâmbula, um ar de alma ausente. Estava prisioneira do próprio sonho e era como se tivesse cortado os seus vínculos com a realidade. As palavras de Carlos estavam nos seus ouvidos, vivas, frementes: "Conto com você até meu último dia de vida...". Isso a penetrava de uma doçura sem igual. Parecia-lhe muito lindo que duas pessoas se prometessem amor até o último suspiro. Abrindo a porta da sala, a moça pensava que toda a sua vida se concentrava em Carlos, como se além dele não existisse mais nada. Levava consigo uma sensação exasperante, a sensação da *inexistência* do noivo. Precisava, com efeito, fazer um esforço mental para se lembrar de seu quase esposo, para ter a certeza de que ele existia realmente, de que possuía um rosto, um nome, uma identidade, enfim. Ia subir para o quarto — muito olhada pelas visitas

— quando d. Olívia veio ao seu encontro. A sogra de Lucia estivera, esse tempo todo, dissuadindo as visitas de qualquer suspeita relativamente à nora e Carlos. Explicara, não sei quantas vezes, que "cunhado é assim mesmo".

Perguntou, baixo:
— Quedê Carlos?
— Já foi.

Ela não disfarçou sua contrariedade:
— Precisava tanto falar com ele!

Precisava, realmente. E era sobre um assunto dramático, um assunto vital. Estava inquieta e, apesar do seu tremendo autocontrole, custava-lhe um esforço disfarçar a própria angústia. Lucia quis passar adiante — numa absoluta necessidade de solidão — mas d. Olívia segurou-a pelo braço.

— Preciso muito falar com você, minha filha, muito.

Lucia suspirou, mas que fazer, meu Deus do céu? D. Olívia não a abandonaria com facilidade. Perguntou "Que é?", mas a outra advertiu:
— Aqui, não.

Foram para o fundo da casa e se trancaram na sala de costura. A princípio, Lucia quis parecer desinteressada, mas acabou se impressionando, e muito, com a atitude de d. Olívia. Mal se viu a sós com a nora, d. Olívia perdeu a calma quase inumana que fazia questão de conservar mesmo nas situações mais catastróficas. Ela costumava dizer: "Não sou histérica, graças a Deus. Nunca chorei na minha vida". Mas agora, se não chorava, não estava longe de uma crise. Tomou entre as suas as duas mãos de Lucia:

— Estou com medo, Lucia. Você sabe o que é medo? E medo pela primeira vez na vida? Sempre fui corajosa, sempre; e pela primeira vez, estou tremendo, Lucia. Quer ver?

Mostrava as próprias mãos, que estavam muito pálidas e geladas:
— Estão frias, não estão? Ah, Lucia! Se você soubesse, se você pudesse imaginar!

E a nora, espantada, mas sentindo algo de trágico nos olhos, na expressão de d. Olívia:

— Aconteceu alguma coisa? Que foi que houve?

— Você imagine que Carlos...

Durante meia hora, ou mais, Lucia ouviu, apenas. Não fez um comentário, não esboçou um gesto, petrificada de espanto e de medo. D. Olívia queria apenas contar que Carlos e Paulo, sendo quase irmãos — haviam sido criados juntos — não eram amigos.

— Eles se odeiam, Lucia, têm ódio um do outro!

Insistia na palavra "ódio", para mostrar que não era um sentimento trivial, uma antipatia, uma incompatibilidade comum, mas um antagonismo essencial e trágico, um sentimento irredutível e que nada tinha de humano. Nem sempre fora assim. Houve um tempo, na adolescência, que os dois eram amicíssimos, andavam sempre juntos, e não fosse a dessemelhança física pareceriam gêmeos. Pareciam sentir, pensar, sonhar em sincronismo.

— Imagine, Lucia, que Carlos é filho de dois primos que eu tive. Os pais fizeram uma viagem e morreram num desastre. Carlos tinha, na ocasião, dois anos e nós o recolhemos, porque os outros parentes não pareciam dispostos a isso... Por coincidência, Paulo é da mesma idade, com diferença apenas de um mês... Até a adolescência não houve nada entre eles. De repente...

Fez uma pausa. Lucia esperou o resto. No fundo, a história daqueles dois homens a perturbava e fascinava. D. Olívia continuou:

— Um dia, eles gostaram da mesma mulher. Carlos a conheceu num dia e Paulo no outro.

"Carlos gostou de uma mulher, já gostou de uma mulher", foi o que Lucia disse para si mesma. Se fosse coisa que pudesse fazer, excluiria de sua vida a informação que, sem desconfiar de coisa nenhuma, d. Olívia lhe dava. Ah! Sabia, agora, e por experiência própria, que ninguém deve olhar o passado da criatura amada. "Eu daria tudo", foi a reflexão pueril de Lucia, "para que ele não tivesse amado ninguém." E foi mais longe: "Daria tudo para que não tivesse *visto* mulher nenhuma antes de mim...". Desejaria ter sido a primeira; e que, depois de vê-la, ele tivesse ficado cego. Era um desejo cruel e insensato. Lucia teve medo de si mesma e um medo maior ainda do sentimento que Carlos despertara nela: "Eu não sabia que o amor era assim", pensou, ainda, numa tristeza de todo o seu ser. E sua curiosidade se concentrou, de maneira obstinada, nessa mulher que não conhecera, não vira, cujo nome ignorava. Sua primeira curiosidade foi esta:

— Era bonita?

— Se era bonita! — exclamou d. Olívia. — Linda! Isso que Carlos é como homem, ela era como mulher. Se você visse os seus olhos, Lucia! Não sei bem se eram azuis, se eram cinzentos. Às vezes, azuis, mas de um azul de céu, um azul como eu nunca vi na minha vida! Ela e Carlos[8] pareciam um casal de deuses.

— Tanto assim? — insistia Lucia.

Sofria, como nunca sofrerá, sabendo que a outra, essa rival jamais vista, jamais sonhada, talvez fosse a mais formosa entre as mulheres. E foi tal a sua angústia que pensou em abandonar d. Olívia. Mas sua fascinação aumentava na medida em que sofria.

Continuou ouvindo:

— Está claro que, dos dois, ela preferiu Carlos.

— E o nome? — interrompeu Lucia.

— Virgínia, chamava-se Virgínia. Houve um momento em que Carlos pensou em renunciar. Ou antes: Carlos renunciou. Queria poupar o sofrimento do irmão. Mas Virgínia o perseguiu; fez tudo, Lucia, para reconquistá-lo. Ele não cederia, se, por fim, ela não tivesse feito o que nunca, nunca, devia fazer: para atormentá-lo, aproximou-se de Paulo. Este foi fraco, não percebeu que era um instrumento. Aceitou a situação. Carlos se irritou, por sua vez, voltou para Virgínia. Era o que ela queria. Os dois se amavam demais e ninguém resiste, ninguém domina um verdadeiro amor. Aconteceu o inevitável: Paulo foi excluído. Você já imaginou esta situação? A situação de um homem que foi usado, que serviu a um jogo tão cruel, que foi apenas uma isca? Ainda me lembro, como se fosse hoje, do

---

[8] No folhetim, aparecia o nome de Paulo em vez de Carlos. Mas não seria coerente que ele e Virgínia fossem considerados um "casal de deuses", uma vez que Carlos é o irmão "irresistível", enquanto Paulo é descrito apenas como um homem "simpático".

dia em que Virgínia teve seu último encontro com Paulo. Ela queria acabar com tudo, seu objetivo era ficar livre para Carlos. Ela e Paulo se encontraram na grande lagoa. Não sei se Virgínia ou Paulo teve a ideia de um passeio de barco, durante o qual haveria a explicação definitiva. Só sei que houve o passeio. O tempo estava inseguro e eles foram surpreendidos por uma tempestade.

D. Olívia fez uma pausa. Estava muito pálida e suas olheiras eram mais intensas do que nunca.

— E então? — perguntou, com medo, Lucia.

— Paulo voltou sozinho — disse d. Olívia. — Foi um acidente, Lucia, juro que foi um acidente! — exaltava-se, na ânsia de convencer a nora, como se esta pudesse ter uma convicção a respeito. — Nada mais que um acidente. Paulo não faria uma coisa dessas, não tiraria a vida de ninguém... Qualquer crime, menos matar! E ele amava, e quem ama não mata. Nunca, ouviu? Nunca! Virgínia caiu, as águas estavam agitadas, ele mergulhou, mas não conseguiu nada...

— Ela morreu? — Diga, morreu?

— Morreu.

Lucia teve raiva, vergonha de si mesma: mas experimentou uma sensação de culpada, de quase criminosa, felicidade. Condenou-se a si mesma, teve novamente medo de sua alma, mas o fato irrefutável era a alegria que rompera das profundezas do seu ser, antes que ela pudesse evitar. Sofreu por não ter pena da morta. Sem uma palavra, ouviu um resto:

— O pior é que Carlos não acreditou no acidente. Ainda hoje, ele pensa que Paulo a matou. Que não foi fatalidade, que não foi destino, mas crime... Isso foi há anos, Lucia. Carlos partiu não sei para onde, para sofrer em solidão a nostalgia da morta... Voltou hoje — baixou a voz. — Voltou para se vingar, eu sei que é para se vingar...

# 10

## Tão infeliz e tão amada

Durante algum tempo, nora e sogra estiveram caladas. D. Olívia chorava, o que dava bem uma ideia do seu estado psicológico. Gabava-se, dizia a todo o mundo que derramara em toda a sua vida uma meia dúzia de lágrimas, se tanto. E, subitamente, deixava-se dominar por uma crise de desespero que assustava pela violência. Quanto à Lucia, estava fechada em si mesma. Conhecia, e pela primeira vez, o que era o ciúme, um ciúme brusco, atroz, que se apoderava de todo o seu ser, que dava vontade de gritar como uma dor física. Daria tudo para não ter sabido nunca que Carlos tivera um amor. Na sua imaginação estava a imagem da morta ou, antes, a sombra da morta. Desejaria ter uma fotografia, um quadro, através do qual pudesse reconstituir a figura da que morrera, em todos os seus traços, em todas as suas feições. Precisava, sim, imaginar como fora, na sua graça frágil e inesquecível, essa mulher tão infeliz e tão amada.

D. Olívia ergueu-se, procurou apagar, com um pouco de pó, o vestígio das lágrimas:

— Desculpe, Lucia, mas é que minha situação... — interrompeu-se. — Já vou, porque preciso descobrir Carlos, de qualquer maneira... E descobrir antes que seja tarde.

Lucia estendeu a mão, que devia estar muito fria e ficou, de novo, sozinha com os seus pensamentos. D. Olívia se precipitava pela porta e desaparecia. Lucia, em pé, no meio da sala, continuava a sua obsessão. Disse, baixo — "Virgínia" — e repetiu, como se tivesse experimentando, nos lábios, a doçura deste nome, o secreto encanto que pudesse ter. Fez uma constatação:

— Nome bonito.

E doeu na sua carne e na sua alma, que tudo nessa morta fosse bonito, tudo fosse amoroso, inclusive o nome. Sim, reconhecia, e não sem sofrimento: Virgínia era um nome lírico. Portanto, nada mais justo que quem trouxesse para o mundo a vocação e o destino do amor se chamasse Virgínia. Mas o curso de suas reflexões foi interrompido. D. Dorinha acabava de abrir a porta:

— Venha cá um instantinho, minha filha!

Continuavam chegando visitas, quase todas femininas. Eram amigas, conhecidas, pessoas da família — primas, tias, cunhadas — e cada qual com esse frêmito que o casamento, seja o nosso, seja o alheio, põe nos nossos nervos. Queriam ver o enxoval da noiva, pegar, segurar cada peça, sentir no tato as sedas, a qualidade finíssima das fazendas e deslumbrar a visão com o luxo e o esplendor do vestido de noiva e da camisola do dia. Lucia e d. Dorinha subiram para o quarto. E foi uma ostentação de coisas realmente lindas, de coisas realmente deslumbrantes. As exclamações pouco variavam:

— Formidável!

— Que maravilha!

Tudo era, de fato, maravilhoso, de um gosto e de uma qualidade sem igual.

D. Dorinha comentava:

— Otávio gastou uma fortuna. Tudo do bom e do melhor!

Lucia apanhava as peças do enxoval, mostrava a uma e outra, mas seu pensamento não estava ali, que esperança! Queria desviar seu sonho, queria preocupar-se com outras coisas. Mas não conseguia, por mais que quisesse. Estava concentrada na lembrança da morta. Fechava os olhos e nascia, então, na sua visão interior, uma imagem misteriosa, encantada, uma imagem frouxa, que ninguém poderia identificar. Algo assim como um poético fantasma. Queria criar um rosto, e não o conseguia. Ou por outra: só conseguia imaginar um rosto muito mutável, cujas feições variavam infinitamente. Houve um momento em que fez uma pergunta insólita:

— Como seria ela?

Houve espanto, em torno:

— O quê?

Estava-se comentando sobre uma peça do enxoval e ninguém entendeu a pergunta, e muito menos o ar estranhíssimo de Lucia. Ela balbuciou, com as faces em fogo:

— Bobagem minha.

Mas se convenceu, então, de que não poderia continuar, ali, por muito tempo, sem dar a perceber, a todos, o seu estado de alma. Pretextou qualquer coisa e saiu do quarto.

Precisava fazer qualquer coisa, de urgente, de inadiável, de vital. Mas era tal sua confusão mental que ela própria não sabia que coisa seria essa. Neste momento, o telefone tocou; e, pouco depois, a criada chamava:

— Dona Lucia.

Quase, quase, mandou dizer que não estava. Mas não soube nunca que secreto instinto a levou ao telefone. Teve um choque tremendo, quando reconheceu a voz de Carlos. Que surpresa encantada a da moça, que espanto feliz! Tudo o que ele dizia, do outro lado do fio, parecia se cravar nela, parecia atravessá-la. Disse, gaguejou:

— Você, Carlos?

Ele explicava:

— Vinha andando, pela rua, e, de repente, tive um acesso de saudade. Ouviu? Estou com uma saudade feroz de você.

Falava, ao mesmo tempo, a sério e brincando. Ela o interrompeu:

— Preciso falar com você, imediatamente. Agora mesmo.

Quando, pouco depois, d. Dorinha a procurou, Lucia não estava mais. Saíra de casa, sem nenhuma noção da conveniência ou não do seu ato. Dir-se-ia que ela não se dirigia mais a si mesma e que um destino a arrebatava, um destino mais forte de que sua vontade de mulher. Encontraram-se os dois, num pequeno jardim público, não distante da casa de Lucia. O plano da moça era o seguinte: dissuadi-lo do crime, libertá-lo da obsessão homicida. Quando saíra de casa, formulara os mais estranhos projetos, alguns dos quais insensatos ou quase. Inclusive deliberara: "Se for preciso, eu me ajoelharei a seus pés...".

Era uma ideia que, com certeza, não teria coragem de pôr em execução. Mas chegando diante dele, não foi no *crime* que pensou. O *crime* passou, instantaneamente, a um plano secundário. Pois Lucia pensava, apenas, de maneira apaixonada e exclusiva, na *outra*. Foi direta a um assunto que convinha muito mais contornar ou esquecer:

— Era bonita?

Repetia a pergunta que fizera a d. Olívia. Só que, desta vez, se justificava muito menos formulá-la. Acabara de chegar: mal tinham sentado num banco do jardim. De maneira que Carlos olhou para a moça, estupefato. A princípio, não entendeu e é de crer que, por um segundo, tivesse suspeitado que alguma coisa rompera a ordem mental de Lucia. Ela, então, caindo em si, percebendo o que havia de brusco, de insólito, na pergunta, explicou, rapidamente, que soubera de tudo, através de d. Olívia. E, mais calma ou de uma calma aparente, repetiu:

— Virgínia era bonita?

Viu-o empalidecer, sentiu que tocara talvez numa saudade ainda viva, num sentimento que se recusava a morrer. Ele ergueu-se e ela o acompanhou:

— Vamos andar um pouco — sugeriu Carlos.

Caminharam, lentamente, pelo jardim. Ele começou a falar, de uma maneira contínua, interminável, como se a pergunta de Lucia tivesse operado a ressurreição de um assunto esquecido ou evitado. Explicou, inicialmente, uma coisa que quase fez parar o coração da moça:

— Sabe por que você me impressionou tanto à primeira vista?

— Não, não sei.

Ele baixou a voz, como se fosse fazer uma confidência suprema:

— Porque você se parece com Virgínia, muito, muito. Certa expressão de olhos, o sorriso, os cabelos...

E, sem noção do próprio gesto, ao dizer isso, acariciou os cabelos de Lucia:

— E o andar — continuou — o mesmo andar. Penso, às vezes, se, além dessa semelhança física, vocês não terão também as almas parecidíssimas.

— Não, não! — balbuciou.

Estacou, no meio do jardim. Experimentava agora a sensação mais estranha que uma mulher jamais experimentou: a sensação de que a que morrera se encarnara nela. Pareceu-lhe também — e foi isso que a fez sofrer mais — que o interesse de Carlos por ela só existia em função de Virgínia. "Ele me afaga como se acariciasse a *outra*".

# 11

## Era linda e teve ódio do próprio rosto

No seu diário, Lucia assim descreveu o diálogo que manteve com Carlos, naquele dia:

*Quando ele me disse que eu me parecia com a morta, senti, como que fisicamente, que Virgínia se encarnava em mim. Foi uma sensação nítida, inconfundível e alucinante. Instintivamente, passei a mão pelo rosto, como se quisesse apagar meus próprios traços, como se, a partir daquele momento, estivesse renegando minhas feições — as feições que evocavam outra mulher, e uma mulher muito infeliz e muito amada. Eu nunca poderei dar uma ideia, nem aproximada, da angústia que se apoderou de mim, do dilacerante ciúme que tomou conta de minha alma. Tive que fazer um esforço, um tremendo esforço de autocontrole para dissimular, tanto quanto possível, a minha tristeza. Tristeza, não — o meu desespe-*

ro. Hoje, creio bem que devia ter banido, e para sempre, aquele assunto. Mas, ai de mim! Nunca mais eu me libertaria da obsessão dessa morta que há pouco mais de meia hora entrara na minha vida e se convertera, de instante para outro, numa ideia fixa. Depois de um silêncio — em que sofri como nunca sofrera na vida — perguntei:

— Quer dizer que, se eu não me parecesse com ela... — fiz uma pausa, porque tremia da cabeça aos pés, num nervoso atroz.

— Diga — animou Carlos.

— ... se eu não lembrasse a "outra", você não teria gostado de mim? Desejei e temi esta resposta. Mal acabara de formular a pergunta, e já pedia a Deus que ele não fosse sincero, que fosse convencional e amável, que não me desiludisse. Logo percebi que a minha curiosidade o apanhara desprevenido. Por alguns momentos, duvidou: eu senti a "dúvida" nos olhos. Mais do que depressa, coloquei a mão nos seus lábios, e pedi:

— Não diga nada, não precisa dizer! Compreende por que eu prefiro o silêncio?

— Não, não compreendo.

E eu, fremente, numa tensão de todos os meus nervos:

— Porque prefiro viver na ilusão, prefiro acreditar que você me preferiu por mim mesma e não porque eu lembre a "outra".

— Por que diz "a outra" como se tivesse rancor, como se odiasse Virgínia?

Desorientei-me:

— Por quê? — eu própria talvez não soubesse explicar; tive um riso brusco, que imediatamente cortei. — Você ainda diz "como se eu tivesse rancor...". Quem lhe disse que eu não tenho, quem lhe disse que eu não odeio essa mulher... Mas perdão, Carlos! Eu não devia dizer "esta mulher". Estou tão nervosa! E, além disso, não tenho o direito de odiar a quem não conheci, a quem já morreu... Desculpe, sim? Mas não posso — compreendeu? — não posso tolerar a ideia de que eu me pareço com uma morta.

E se essa semelhança existe, eu lhe juro que preferia não ter este rosto, juro que... Não, não! Não sei o que digo, não domino mais minhas próprias palavras...

*Ao menos, responda: eu me pareço muito com Virgínia?*

*Estávamos num lugar público. Mas o nosso diálogo era tão absorvente, de um interesse tão mortal para mim e para ele, que nos abstraímos do ambiente. Ele apertou meu rosto entre suas duas mãos. Transeuntes olhavam, espantados, a cena. Durante alguns momentos, Carlos não disse nada, fixando meu rosto, numa contemplação muda, ardente que me fazia mal. Ainda perguntei:*

*— É a mim que você vê ou a que morreu? Seja sincero. Pelo amor de Deus, não me esconda nada.*

Este foi o relato textual que Lucia fez, no seu diário, do estranho e profundamente dramático diálogo com o bem-amado. Continuando, ela escreveu que ele não quis dar uma resposta precisa. Teve medo de uma sinceridade que pudesse magoá-la talvez para sempre. Eis o que disse:

— Não sei, não sei. E nem deve fazer perguntas desta natureza.

Lucia protestou:

— Devo, sim. Uma mulher que ama deve e pode fazer todas as perguntas.

— Nem todas. Pelo menos, nenhuma pergunta que faça lembrar outra mulher.

O SOFRIMENTO DE LUCIA foi tão agudo, tão insuportável, que quis fugir, desaparecer. Mas, ao mesmo tempo que pensou nisso, teve uma reação curiosíssima: ou seja — uma antecipação da saudade que iria sofrer longe de Carlos. Saudade de uma pessoa ainda presente. Pensou, com uma tristeza irremediável: "Se eu pudesse, jamais me afastaria dele. Só vivo quando estou a seu lado, quando ele está comigo...". E ficou. Ocorreu-lhe um motivo para não abandoná-lo naquele momento: o *crime*. Precisava dissuadi-lo, precisava convencê-lo a não matar, fosse quem fosse. Começou:

— Agora outra pergunta. — E explicou, rápida: — Não é mais sobre Virgínia.

O simples fato de pronunciar o nome de Virgínia era um sofrimento para Lucia. Se pudesse, jamais repetiria este nome e o expulsaria da face da Terra. Ao mesmo tempo reconheceu o que havia de pueril, de ingênuo, nessa ideia de destruir, de matar um nome, como se fosse uma pessoa viva. Sempre existiriam Virgínias no mundo, sempre existiriam mulheres que se chamassem assim na face da Terra, lindas umas, feias outras. Fez um esforço para desviar o pensamento da morta, para concentrar no crime toda a sua inteligência, toda a sua imaginação!

— Esse homem que você vai — hesitou antes de acrescentar — *matar* é... meu noivo?

— Essa resposta é impossível!

— Ele é seu irmão, Carlos!

— Não respondo!

Fechava-se sobre si mesmo, resistia com uma intransigência, em que havia não sei que secreta, que abominável maldade. Lucia sentiu que o ódio fermentava dentro dele, que o ódio influía, inclusive, em suas feições, tornando-o menos belo. Pousou sua mão na dele:

— Carlos, vou lhe fazer um pedido do fundo de meu coração. Não mate ninguém, Carlos. Se eu mereço alguma coisa de você...

Ele cortou, brusco:

— Merece tudo, menos isso.

Desesperada, Lucia usou todos os argumentos, inclusive os mais ingênuos, os mais precários. A começar que fez uma afirmação inteiramente gratuita: Paulo não matara Virgínia. Ele espantou-se, quando a ouviu falar nisso. Aliás, não foi propriamente *espanto*, mas rancor. Dir-se-ia que a simples menção do fato o alucinava:

— Então, você também sabe? — perguntava. — Quer dizer que todo o mundo sabe?

E Lucia:

— Foi acidente, Carlos, foi uma fatalidade! Paulo não mataria. Paulo pode ter todos os defeitos, menos esse. Ele não é um assassino!

Mas Carlos se refugiava na sua obsessão:

— É! — resistia. — Ele tem todos os defeitos e também este. Eu sei que foi crime, tenho certeza...

Teve, então, um arranco de sinceridade. Contou que no dia da catástrofe, ele, que estava numa outra cidade, em passeio, experimentou, em dado momento, uma angústia sem causa aparente, como que o sentimento de uma desgraça sem remédio e sem consolo. Foi a sensação de quem recebe no rosto o hálito da morte. Estava longe, muito longe, não sabia e nem podia saber de nada. Mas *soube* — com profunda e trágica certeza — que, naquele exato momento, alguém estava morrendo, alguém que lhe era muito caro, uma vida que era para ele a mais doce e preciosa das vidas. Tanto que balbuciara um nome — "Virgínia". Voltara correndo. Sente como se ela o chamasse, como se enviasse, através da distância, o seu apelo mortal. De súbito, cessou de sentir esse chamado, de sentir esse apelo.

Então, dissera para si mesmo: "Virgínia morreu!"...

Lucia quis agarrar-se a ele, pois via que, devorado pela saudade da que morrera, Carlos imergia numa espécie de sonho maléfico, de lúcido delírio. Mas o rapaz desprendeu-se, afastou-se rapidamente, como se fugisse ou, antes: como se ainda o sonho, ainda o delírio o arrebatasse. Lucia ficou, no meio do jardim, parada, sem ter o que dizer, sem ter o que fazer. Então, voltou, com a alma despedaçada.

Pensou em tudo, fez uma revisão de sua vida e sentiu nascer, no mais fundo de sua alma, o sonho, a esperança da morte. Quando ia entrando em casa, estacou. Via, no jardim, uma figura de mulher. Duvidou de si mesma, duvidou dos próprios loucos. Porque essa mulher, que parecia esperar alguém, era... Não, não podia ser, meu Deus do céu!

# 12

## Eu própria não sei quem sou

Durante alguns momentos, foi como se a vida cessasse para Lucia. Era Virgínia, devia ser Virgínia, só podia ser Virgínia. "Não pode ser, não pode ser..." E no entanto, estava ali, nítida, tangível, irrefutável, ao alcance de um gesto. Nítida, não. Porque Lucia via as feições da outra meio esbatidas, meio frou... "Os olhos!", disse para si mesma, com o coração batendo mais depressa. Ouvira dizer que os olhos de Virgínia eram azuis, de um azul muito puro, muito intenso, quase inverossímil. E se os olhos dela fossem azuis também, então, não poderia haver dúvida, seria a própria Virgínia. Lucia fixou-a. Não via mais nada, senão os olhos.

Suspirou fundo, crispando-se de medo. Eram azuis, os olhos eram azuis! Em desespero de causa, sentindo-se aproximar da loucura, sentindo que a loucura se apossaria de sua vida — tentou um raciocínio: "Ela morreu, as mortas não voltam...". E repetiu, numa tentativa de autossugestão: "Não voltam, não voltam...". Queria ou, antes, precisava gravar em si mesma estas palavras, precisava acreditar nelas apaixonadamente. E quando chegasse a uma convicção definitiva — a visão, o delírio — pois só podia ser visão, só podia ser delírio — se dissolveria na luz. E Virgínia voltaria ao grande seio da morte. Mas não, não. Apesar do apelo ao raciocínio, à inteligência — a imagem continuava na sua frente, íntegra, completa e, agora, mais nítida. Sim, a aura misteriosa, a aura sobrenatural de Virgínia se dissipara. Era agora uma mulher como as outras, material, corpórea como as outras.

Quanto tempo ficaram assim, a três ou quatro passos uma da outra, numa contemplação intensa e recíproca? Lucia não sabia. Na verdade, perdera a noção do tempo e, mais do que isso, a noção do lugar. Deixava-se arrebatar — eis tudo — num sonho irresistível. Se lhe dissessem que estava ali há horas, dias, semanas, ela acreditaria. E, de repente, ocorreu-lhe que não poderiam permanecer sempre assim, que era preciso dizer ou fazer alguma coisa. Fez um esforço para articular uma pergunta:

— Deseja alguma coisa?

Ela própria sentiu que essas palavras eram convencionais, simples, excessivamente simples; e que o diálogo entre uma viva e uma morta devia ser muito mais transcendente. Teve um choque quando Virgínia respondeu. Antes de compreender as palavras, prestou atenção à voz. Era uma voz extremamente doce, que não lembrava nenhuma outra conhecida, a um só tempo ardente e macia.

— Vim de muito longe. — E acrescentou num tom de lamento e de fadiga: — Tão longe!

— E seu nome?...

Pergunta feita a medo, quase sem respirar, num fio de voz. Naquele momento, Lucia pediu por tudo que a resposta não fosse a que temia. Se ela desse outro nome qualquer, Lucia experimentaria um alívio sem igual. Mas... e se respondesse — "Virgínia"?... Ah, se fosse esta a sua identidade, então, Lucia não resistiria, que esperança! Estava com os nervos tensos demais. Fugiria dali, talvez gritando. Durante alguns segundos, a outra não disse nada, com os lábios cerrados como se sua intenção fosse conservar-se anônima. E Lucia já desejava mesmo que ela não dissesse nada, que permanecesse calada. Seu coração quase parou quando a morta, quase sem mexer os lábios, disse:

— É noiva de Paulo?

Oh! Graças, meu Deus, graças que Virgínia não tivesse se identificado. Respondera com outra pergunta. Ainda bem, ainda bem. "Nunca mais", foi a promessa que Lucia fez a si mesma, "pedirei o seu nome." Enquanto a outra não declarasse, em termos precisos — "Sou Virgínia" — Lucia poderia cultivar, prolongar indefinidamente a incerteza. Teve bruscamente a vontade de pedir: "Nunca me revele o seu nome. Seja ele qual for, nunca me diga seu nome!". Mas um pedido dessa natureza pareceu-lhe tão pueril, tão insólito, que o guardou.

Respondeu, afinal:

— Sou a noiva, sim.

— De Paulo? — insistiu a possível Virgínia.

— De Paulo.

Novo silêncio. Pouco a pouco, a "Virgínia" ia perdendo a sua irrealidade. Ia se tornando mais real. Não era mais como parecera momentos atrás, um lírico, um poético fantasma, uma imagem tão leve e tão imaterial que um sopro de aragem a faria esgarçar. Lucia, mais calma — embora de uma calma apaixonada, uma calma fremente — pôde vê-la melhor. Seus traços eram doces e perfeitos. E havia nela uma graça frágil, triste e tocante, que sugeria a ideia da mulher marcada pelo destino, de uma mulher nascida para um grande e desesperado amor. Lucia baixou a voz:

— Tinham me dito que você era muito linda...

— Quem? — quis saber "Virgínia".

— Várias pessoas.

— E você me conhece?

— Conheço.

— Não, não! — protestou a outra, com veemência ou, antes, com desespero. — Você — controlou a própria excitação — você não me conhece. Nem você, nem ninguém. Ninguém me conhece.

E como Lucia, espantada, não soubesse o que responder, ela segredou a confidência:

— Eu própria não me conheço e não encontro, embora quisesse encontrar quem me conheça...

Lucia já duvidava da própria razão, já dizia a si mesma que não podia estar ouvindo coisas tão estranhas, tão fora de suas experiências. Deixou a outra falar e sabia, por antecipação, que qualquer palavra de "Virgínia" teria para ela um sentido, um encanto e, numa palavra, um interesse de vida e da morte:

— Sabe o que é que eu vivo fazendo? — pousou a mão no braço de Lucia, uma mão física, material, que nada tinha de fantasma. — Vivo diante do espelho, me olhando no espelho...

— Sei, sei — repetia Lucia.

— Passo a mão assim no meu rosto... Não reconheço esses traços, estas faces, estes lábios...

Ao dizer isso passava, de fato, os dedos longos e bonitos pelo próprio rosto:

— Todo o meu rosto está diante de mim... Eu, então, pergunto, não sei se ao espelho, se à figura refletida: "De quem é este rosto?". Sim, eu sei que é meu... Meu, compreende? Só não sei *quem sou eu*. Ignoro — parece incrível — quem sou eu...

Era, como se vê, uma tragédia da outra. Mas Lucia sofria, como se tivesse incorporado a si esta tragédia, como se o sofrimento da "Virgínia" se tivesse transmitido a ela. Balbuciou:

— Então não sabe qual é o próprio nome?

— Não sei e queria — ouviu? — queria saber. Queria encontrar, na face da Terra, alguém que chegasse a mim e dissesse "Você é...".

Foi este o comentário de Lucia:

— Talvez, um dia, apareça alguém que lhe possa revelar isso.

A tristeza da outra se tornou mais intensa nos olhos:

— Já perdi as esperanças. Ele podia me dizer e não quer. Ou diz que não sabe.

— *Ele* quem?

— Paulo.

— Que Paulo? — foi a pergunta de Lucia.

— Também não sei. *Um Paulo* é a única coisa que posso dizer.

Lucia repetiu:

— *Um Paulo?* — e seu espanto e seu medo eram enormes.

"Virgínia" diria ainda qualquer coisa. Mas, de repente, veio de dentro da casa o chamado:

— Lucia! Lucia!

Era d. Dorinha que a procurava e chegava na porta. Viu a filha e gritou:

— Você estava onde, minha filha? Estou procurando você...

Lucia perturbou-se, balbuciou para "Virgínia":

— Volto já.

Foi até a varanda falar com d. Dorinha:

— Estava atendendo aquela moça, mamãe.
— Que moça, Lucia? Não tem moça nenhuma. Você não estava falando com ninguém.

Lucia teve a sensação física, material, de que um abismo se abria a seus pés.

# 13

## Sua beleza era sensível como uma pétala

Lucia duvidou da própria razão. Uma coisa pareceu-lhe certa: se não havia moça nenhuma, como afirmava d. Dorinha, ela fora vítima de um delírio. Contendo seu desespero, fez a pergunta:

— Então, a senhora não viu, mamãe, não viu uma moça de branco conversando comigo, no portão?

D. Dorinha admirou-se:

— Que moça, Lucia?

A filha disfarçou, numa confusão absoluta:

— Nada, mamãe, nada.

Entraram as duas. D. Dorinha ia dizendo as novidades. Numa véspera de casamento acontecem muitas coisas, muitos fatos. É um dia cheio. Desde que Lucia saíra que as visitas não pararam, nem os telefonemas. Amigos, parentes esquecidos, manifestavam-se agora. Certas figuras — que não apareciam há anos — surgiam como numa ressurreição. Lucia cumprimentava aqui e ali, deixava-se beijar, sorria, com esforço. Mas, prestar atenção ao que os circunstantes diziam ou faziam, custava-lhe um esforço. Desejaria não estar conversando; desejaria, sobretudo, estar sozinha. Chegavam flores, *corbeilles*,⁹ presentes, porque uma véspera de casamento deve ser também festiva. O cheiro e a vista das flores — sobretudo de maravilhosas rosas brancas — aumentavam em Lucia a sensação de sonho, de irrealidade profunda. Ia subir para o quarto, quando sentiu uma mão — uma mão fria e magra pousara no seu braço. Virou-se, rápida, e sobressalto. A expressão de susto e espanto fundiu-se num sorriso bom, ao reconhecer a pessoa. Era Amália, uma tia longínqua que Lucia não via há muito tempo. Amália estava ligada à sua infância, acompanhara a sua meninice; e fora, sempre, muito meiga, compreensiva, para a menina. Houve uma vez em que Lucia, aos sete anos, quase morrera. Amália se colocara à sua cabeceira, dia e noite, santa, e infatigável, velando o seu sono, afagando-a. Era solteirona, mas um tipo de solteirona muito especial, sem recalque, sem fel, feliz na sua solidão. Havia no seu passado um sonho desfeito: amara, fora amada na adolescência; e o bem-amado morrera. Passado um razoável espaço de tempo — os parentes e amigos insistiam: "Por que você não se casa, por quê?". Os pretendentes, com efeito, não faltavam. Ela respondia, lacônica e definitiva: "Não, não!". Parecia-lhe uma infidelidade ao morto. Resistia aos argumentos com uma lógica tranquila e terrível: "Casar-me com outro, só porque meu amado morreu? Não faço isso — que esperança!". A morte não lhe parecia motivo para esquecimento. "Pode-se viver" — argumentava — "para a memória de um homem e de um amor". Consagrara-se à memória do que morrera. Está claro que ninguém concordara. Insinuou-se mesmo que havia perdido a razão, que estava sofrendo de um desequilíbrio mental. Sagaz, sensível, ela percebeu que duvidavam de sua sanidade. Sorriu, e não sem uma certa melancolia. "Se isso é loucura" — disse — "prefiro ser louca". Agora, saía um pouco do seu isolamento para ver a sobrinha noiva.

Subiu, de braço com Lucia. Ia dizendo suas coisas, numa voz meio velada, doce:

---

⁹ Palavra francesa. Em português, corbelha: pequena cesta de vime, madeira, ferro etc., guarnecida de flores, ou frutas e doces, oferecida a alguém em ocasiões especiais; também utilizada para adornar ambientes.

— Tenho muita pena das noivas, uma pena que você não faz ideia. Porque — explicou — nem sempre elas se casam por amor, quase nunca se casam por amor. Geralmente, a mulher fica noiva numa idade em que não sabe discernir o que é amor... E um engano desses faz a mulher sofrer muito, chorar todas as suas lágrimas...

No corredor, pararam um momento. Amália fixou seus olhos tranquilos nos de Lucia:

— Eu queria que você fizesse uma promessa, Lucia.

— Qual?

— Se você duvidar do seu amor, por um segundo que seja, desmanche o casamento. Não se case, Lucia, não se case sem uma certeza absoluta. Promete?

— Ah — gemeu Lucia. — Eu desejaria prometer, titia. Mas não sei se posso. Há certas coisas que podem mais que a vontade de uma mulher.

A outra insistia, porém, já com um princípio de desespero:

— Casar sem amor, não, minha filha! Você não imagina, não pode imaginar o que é isso...

Muito tempo depois que tia Amália a deixou, Lucia ainda pensava nas palavras da doce solteirona. Pensava nas palavras de tia Amália e, ao mesmo tempo, na visão que tivera, porque estava certa de que não vira Virgínia, não vira coisa alguma. Ou, antes, vira um fantasma, nada mais que um fantasma. Libertou-se, por momentos, dessas preocupações, quando a criadinha apareceu na porta do quarto:

— Dona Lucia!

Virou-se:

— Que é?

— Aquela moça...

— Que moça?

— Aquela de branco.

Lucia ergueu-se, muito pálida. "Moça de branco", pensou, com o coração em disparada. Então, existia uma "moça de branco". Pensou: "Não foi visão, não foi fantasma". Veio se aproximando da porta. Seu aspecto era tão estranho, e sua palidez tão intensa, que a menina teve até medo, embora não o demonstrasse ou procurasse não demonstrar.

— Está aí — a moça está aí — concluiu a criadinha.

Lucia tremia da cabeça aos pés. Um frio mortal se apoderava dela. "Se não estou louca", foi o seu raciocínio, "acabarei enlouquecendo." Fez um esforço para dissimular sua angústia. Disse:

— Mande-a entrar... Não, não! Eu mesma vou, mas antes quero uma coisa de você...

— Pois não, dona Lucia.

E ela:

— Você reparou bem nessa moça?

— Mais ou menos.

Lucia tomou respiração, antes de dizer:

— Você por acaso notou... se era parecida comigo?

— Com a senhora?

— Comigo, sim. Era?

— Bem...

— Antes de responder — interrompeu Lucia — quero lhe dizer uma coisa. Eu preciso — compreendeu? — preciso saber se essa pessoa se parece comigo ou não. É muito importante para mim saber isso... Procure se lembrar, faça um esforço... Olhe bem para mim.

Ergueu seu rosto — um rosto grave, triste, sereno; fechou os olhos e balbuciou:

— Diga, pode dizer. Pareço com a *moça de branco*?

Durante alguns segundos, a criadinha olhou a fisionomia de Lucia, com uma atenção intensa, quase dolorosa. Lucia esperava, como se da opinião da menina dependesse a sua vida ou sua morte. Por fim, num fio de voz, a criadinha admitiu:

— Parece, a senhora se parece, sim.

— Está bem, está bem. Pode ir.

Lucia sentia-se desfalecer. Então, era realmente ela. Era realmente Virgínia. Teve pena de que existisse aquela mulher, de que não fosse uma alucinação. "Mas ela morreu" — disse para si mesma, num penoso esforço de autossugestão. Desceu, então, ao encontro da moça de branco. Estaria onde? Ah, no jardim. A criadinha quisera que a desconhecida entrasse. Mas ela se recusara, como se tivesse medo — um medo absoluto e inexplicável — de entrar naquela casa. Lucia encontrou-a perto do caramanchão, muito olhada e admirada pelas pessoas que saíam e chegavam. Assim que a viu, Lucia teve a sensação anterior: de uma graça frágil, de uma graça sensível como uma pétala. Parou diante dela. A *moça de branco* recebeu-a com um sorriso triste. E explicou:

— Desculpe, mas fugi quando vi que alguém ia aparecer na varanda... Tive medo, compreende? Um medo que eu não devia sentir... Um medo absurdo... Mas ando doente e...

Parou, como se, por alguns momentos, perdesse sua ordem mental. Lucia não dizia nada. "Como é linda!" — foi sua exclamação interior. Mais serena, a outra continuou:

— Eu queria de ti — sua voz tornou-se mais doce — preciso um favor, do qual depende minha vida...

— Que favor?

E a outra, com maior veemência e um princípio de desespero:

— Queria que você me deixasse ver seu noivo... Vê-lo de um lugar em que ele não me visse... Faça isso, consinta, e eu abençoarei você, eu...

# 14

## Era uma mulher sem passado e sem amor

Lucia não entendeu, a princípio:

— Ver meu noivo, por quê?... Que interesse pode ter você nisso? Afinal, você o conhece ou não? Responda: conhece meu noivo?

Estavam dentro do caramanchão. Um cheiro de jasmim, muito intenso, saturava todo o jardim. À medida que olhava Virgínia, que reparava nas suas feições — mais Lucia se convencia de que era linda. E linda até onde uma mulher sabia sê-lo. A outra custou a responder; a pergunta de Lucia parecia aumentar o seu sofrimento e tornar a sua graça de mulher ainda mais tocante, ainda mais pungente:

— Não sei se conheço seu noivo — disse, por fim. — Talvez o conheça... Uma coisa já sei: conheço o nome... Há um Paulo na minha vida... Esse Paulo é tudo que me resta... Só penso nele, só me lembro dele e só tenho memória para ele... Preciso saber se o seu noivo é ele...

Lucia desesperou-se:

— E como veio à minha casa? Como acertou a minha casa? Quem a mandou?

Virgínia pareceu desorientar-se:

— Quem mandou? Ah, ninguém! Ninguém mandou... Eu ouvi, num bonde, duas senhoras falando num Paulo, num Paulo que ia casar-se, talvez amanhã, não me lembro. Impressionou-me a coincidência. Então, acompanhei-as... Juro que não fiz por querer... Não foi a minha vontade que me guiou. Foi outra coisa, outra vontade, não sei... Vi as duas senhoras entrarem aqui... Acabei batendo, pedindo para falar com a noiva. Não estava, disseram. Fiquei por perto, até que você chegou. Mal a vi, tive a certeza de que era você...

— Sou eu — admitiu Lucia, como se o fato implicasse numa catástrofe. — Eu só queria saber — continuou — é de onde veio você... Onde mora? A que família pertence?

Virgínia torceu as mãos:

— A única coisa que lhe posso dizer é que fugi.

— Fugiu?

— Fugi — suspirou a outra. — Há muitos dias que Paulo não vem, não aparece... E eu não suportei mais estar tanto tempo só... Se você soubesse o que é isso, o que é estar só, dia e noite... Quantas vezes, nestes últimos dias, eu não abri a janela, e não gritei para dentro da noite: "Paulo! Paulo!"... Meu grito é inútil. Ele percorre as distâncias e acaba se perdendo...

— Conte tudo — pediu Lucia. — Descreva a sua casa, o lugar onde mora... Tudo — ouviu? — eu preciso saber tudo...

Então, Lucia ouviu a mais estranha história que chegou ao coração de uma mulher. Virgínia não se lembrava de quando fora para essa casa — pequenina e solitária — construída no seio de uma floresta. Nenhum lugar mais silencioso, discreto e lírico, um lugar que parecia fora de todos os caminhos. Ninguém passava por lá. Até os pássaros pareciam evitá-lo. Um dia, Virgínia acordara e já estava nesta casa. "Fazia ali o quê?", perguntara a si mesma. Não conseguira fazer nascer nenhuma lembrança, nada. Estava sem passado, perdera o passado, rompera com ele. A sua vida começava a partir daquele momento. A seu lado estava um homem, ainda moço, caricioso, que lhe dizia, persuasivo:

— Não lhe faltará nada... Você terá tudo... Ficará aqui, sempre, sempre... Eu virei vê-la...

— Seu nome?

— Paulo.

Eis tudo: sabia que se chamava Paulo e nada mais. Conhecia seu rosto, suas mãos, sua voz, mas não tinha nenhuma noção de sua vida, do seu passado. Apresentou-a a uma criada; e Virgínia estremecera ao saber que era muda, de nascença. Nada pior, nada mais exasperante do que viver, dia após dia, ao lado de uma pessoa que não diz nada, que não pode dizer nada. A casa era discreta, silenciosa, como túmulo. Às vezes, a moça falava sozinha, ou gritava, como se a própria voz ou o próprio grito lhe servisse de companhia e a libertasse, por segundos, da tremenda monotonia de sua vida. Acabara com um sonho exclusivo: que Paulo viesse o maior número de vezes. Toda a sua vida se concentrava na presença dele. Esperar por ele, pensar nele — era a sua alegria, única e desesperada alegria. Antes de que ele partisse, Virgínia já sentia saudades. E quando ele chegava, ela sofria, pensando que daí a tantas horas partiria. Uma tarde, ele veio e disse:

— Vou viajar...

Ela se desesperava. "Viajar por quê?" Sua revolta foi pueril e trágica: "Por que existem viagens?". Por sua vontade, ninguém viajaria, as pessoas morreriam no mesmo lugar do nascimento, não haveria separações. Paulo prometera: voltaria logo. Um mês ou dois, nada mais do que isso:

— Um mês ou dois? — fora o protesto de Virgínia. — Mas isso — você não compreende? — é muito... é demais... Não sei se resisto! Se ao menos eu morresse... As mortas não têm saudades de ninguém... São tranquilas, são conformadas... Para elas, tudo está certo, aceitam tudo...

Todas as súplicas, todos os desesperos inúteis. Ele partira: fizera-a prometer que o esperaria. Passaram-se os dias, as semanas. Ao seu lado, minuto a minuto, a fisionomia fechada, inescrutável, da muda. Não parecia uma pessoa viva. No seu mutismo sinistrado, dava a ideia de alguém que rumina um crime que nunca será realizado. Mas a paciência de Virgínia esgotou-se. Naquela manhã, apanhara dinheiro; escolhera um vestido branco — gostava muito de branco — e saíra. Por outra, fugira.

— Qual era o seu destino? — quis saber Lucia.

— Meu destino? — espantou-se Virgínia. — Uma mulher como eu não tem destino, não pode ter destino... Caminhei apenas, nada mais... Havia em mim, porém, uma ideia que me persegue há muito tempo...

Lucia baixou a voz:

— Que ideia?

— Morrer...

— Como?

— Também não sei como. Só sei que uma mulher como eu não pode esperar nada da vida, senão a morte...

— Mas você é tão linda...

Virgínia teve um sorriso breve e triste:

— Talvez seja. Mas que importa minha beleza, se ela é tão secreta, se ninguém a vê, senão eu mesma, diante do espelho? Eu sei que Paulo a vê... Mas ele partiu... Se você soubesse como desespera não ter ninguém que nos olhe. Tão triste não ser olhada por ninguém... Depois que fugi de casa, conheci uma espécie de felicidade: a felicidade de ser olhada... Muitas pessoas me olharam... Aqui mesmo, as pessoas que entram e saem me olham... Eu desejo e, ao mesmo tempo, tenho medo desses olhares. Não propriamente medo: pudor... Passei tanto tempo sem conhecer outros olhos, senão os de Paulo e os da muda...

— Ainda pensa em morrer? — perguntou Lucia.

Virgínia teve um transporte:[10]

— Claro! E se não morri ainda, se não procurei a morte — segredava — é porque antes queria ver Paulo...

A outra vacilou.[11]

— Eu própria não sei. Se eu lhe disser que me esqueci do amor, que ignoro como se ama — você acredita? Diga, você que deve saber mais do que eu: isso é amor?

— Talvez seja.

— Ah, meu Deus! — foi o lamento da outra. — Agora não quero, não espero mais nada, senão que você me deixe ver seu noivo...

Lucia pensou e decidiu rapidamente:

— Você ficará aqui. Chamarei meu noivo, conversarei com ele perto do caramanchão. Está bem?

Pouco depois, Lucia estava no telefone. Disfarçou o mais que pode: foi cordial, quase terna. Disse, em resumo a Paulo, que precisava vê-lo o mais depressa possível, já, já. Ele se assustou:

— Não, não.

Lucia esperou-o no jardim. Ele chegou depressa: saltou, nervoso, do automóvel. Seu coração se apertou ao ver o rosto da noiva, sombrio, severo. Perto do caramanchão, de maneira que Virgínia pudesse ver e ouvir, ela disse apenas isto:

— Assassino.

---

[10] Em sentido figurado, sensação de entusiasmo, de arrebatamento.
[11] No folhetim, em vez de ponto final, havia dois pontos. No entanto, pelo diálogo, nota-se que a fala que se segue ainda é de Virgínia, e não da "outra", que seria Lucia.

# 15

## Mulher perecível, amor imortal

NAQUELE MOMENTO, D. Dorinha apareceu na janela de cima.

Contra sua vontade e não sem remorso, irritou-a. Doía-lhe que sua mãe, a criatura que a dera à vida, estivesse tão longe de suas tristezas mais profundas, tão inocente diante do seu drama. D. Dorinha chamava e não via nada, cega e surda. Insistia para que a filha entrasse e subisse:

— Vem ver uma coisa, Lucia! Vem ver uma coisa!

Exasperou-se:

— Agora não posso, mamãe!

Seu noivo estava diante dela. O seu rosto, a expressão do seu rosto, ficou para sempre gravada no espírito de Lucia. Nunca vira, meu Deus, ninguém empalidecer tanto! Entreabriu os lábios, arregalou os olhos e ela sentiu na sua fisionomia, a um só tempo, dor e espanto. Acabara de chamá-lo — "assassino". Uma breve palavra, proferida a meia-voz, sem exclamação. Dir-se-ia, porém, que esta palavra se cravara nele ou, por outra, atravessara-o como um dardo material. Naquele momento, foi como se a vida, as coisas, as criaturas, o mundo tivessem acabado para ele. Não respondeu nada, não esboçou um gesto, petrificado aos olhos da noiva.

Continuou, espantosamente calma, de uma calma fria, mortal, de gelo:

— Você é um assassino. Matou uma mulher... Afogou-a no lago...
— E repetia a palavra, calcando as sílabas: — Assassino.

Pela primeira vez, via aquele homem perturbar-se. Por momentos, deixou de ser o diplomata nato, o futuro cônsul, o grã-fino convencional e vazio, o homem que punha na escolha de um alfinete de gravata ou da própria gravata o gosto, a minúcia, o carinho com que se faz uma obra de arte; e que, nem na maior catástrofe, perderia o vinco das calças. Tornava-se subitamente humano; sofria e tinha medo. Balançou a mão, como se quisesse apagar da sua visão a imagem da noiva.

Protestou, lívido, os lábios brancos e trementes:

— Não sou assassino... Não matei ninguém, não mataria ninguém...

Teimou, afundando-se totalmente na própria perversidade:

— Matou sim... a mulher que amava...

Segurou, entre as suas, as mãos de Lucia:

— Juro... Foi um acidente, foi uma fatalidade... O barco virou...

— Não, não! Foi você! Você com suas mãos, estas mãos.

Durante meia hora, ou mais, ele tentou, em desespero, convencê-la. Contou tudo o que se passara, misturando detalhes, invertendo, por vezes, a ordem cronológica dos fatos. Estava tão fora de si que não se espantou, não se admirou de que Lucia soubesse de uma coisa que devia permanecer secreta, que devia estar num túmulo, como assunto morto que era. À medida que falava, que reconstituía os incidentes daquele dia, nascia nele uma espécie de fascinação. No fundo, cada criminoso é impelido, queira ou não queira, a falar do crime, mesmo quando o nega. Seus olhos estavam abertos e espantados. Parecia estar vendo as cenas descritas e com espantosa nitidez! Era uma manhã linda, maravilhosamente clara, liricamente azul; e nunca as águas da lagoa foram tão serenas e sonhadoras. Nunca tivera uma sensação tão viva de um sonho de águas. Passearam. Queriam definir a situação sentimental de ambos. E Virgínia, então — muito linda e feliz na luz da manhã — disse que o amava.

E este foi o grande argumento de Paulo para Lucia:

— Era a mim que amava e não a Carlos... Você compreende? Se eu era o amado, para que matá-la?... De nós dois — eu e Carlos — o assassino só podia ser Carlos... Só ele tinha motivos para querer destruir a mulher que o desprezara... Eu, não! Eu era feliz, felicíssimo... Se você soubesse as coisas que ela me falou. Nunca uma mulher foi tão doce, nunca uma mulher se mostrou tão enamorada... Disse que no dia em que morresse, seu último pensamento seria para mim, sua última e desesperada saudade seria para o nosso amor...

Sem querer, sem sentir, fazia confidências que não interessariam a uma noiva, que só poderiam causar a humilhação de uma noiva. Estava, porém, imerso nas suas evocações. Era como se sentisse ainda, na face, o hálito bom de Virgínia, um perfume de boca — boca de mulher.

— Sabe? — perguntou Paulo a Lucia. — Sabe quem teve a ideia do passeio de barco? Virgínia. Ela achou que a lagoa estava linda e tranquila e que seria pena perder uma manhã daquelas. Como se tivesse, na carne e na alma, o sentimento da morte — disse: "Talvez eu não veja mais o sol, nem a lagoa, nem a montanha"...

Estava triste e grave ao dizer isso...

Tomaram um barco; e o homem — o dono do barco — supondo-os casados, chamara-a de "madame". Ela rira, com um frêmito de sonho, como se o equívoco a comovesse de uma maneira mortal. Durante o passeio, ela fixava tudo, as mínimas coisas, com uma atenção apaixonada, como se visse a montanha, a lagoa, as árvores e o pássaro pela última vez. De repente, uma nuvem cobriu o sol. Estavam os dois muito longe das margens. Virgínia suspirara:

— Para que voltar?

Mostrou o céu:

— Olha o tempo.

E ela, numa melancolia maior:

— Sabe qual é o primeiro sinal do amor? Sabe qual é a prova mais absoluta de amor?

— Qual?

— É quando desejamos morrer com a pessoa amada.

A tempestade desabou bruscamente. De um momento para outro, a lagoa serena se fazia oceânica. E o barco era frágil. As vagas rebentavam na proa e os encharcavam da cabeça aos pés. Virgínia, porém, não tivera medo, nenhum. Sentia a morte, a presença, a ronda da morte. Sentia que a morte estava pronta a desabar sobre eles. Mas o perigo a excitava, o perigo a tornava fremente, dava-lhe uma estranha euforia, uma delirante felicidade. Ergueu-se, fustigada pelo vento, batida pelas águas...

— Eu não me esquecerei nunca — gemeu Paulo —, não me esquecerei da imagem de Virgínia, naquele momento... Não parecia mais uma figura humana... Tive uma espécie de alucinação... Houve um relâmpago e foi como se o fogo do raio tivesse incendiado seus cabelos...

— Mentira! — disse Lucia, com o sentimento de que, sem sentir, ele mentia, de que um invencível delírio se apossava dele.

Mas ele, por sua vez, exaltou-se:

— Juro! Deus me cegue se minto... E veio uma onda maior... Ela foi atirada longe... Estou certo, hoje estou certo, de que ela queria morrer, de que estava dominada pelo sonho da morte... Sim, foi uma súbita loucura, foi uma febre exasperada pela tempestade...

— E você? — perguntou Lucia, tomada de cólera, uma cólera sem motivo, que a arrebatava. — Que fez você?

Ele olhou-a, com espanto:

— Eu? Que fiz eu? — parecia estar sob um colapso da memória. — Ah, sim. Eu atirei-me n'água... Lutei desesperadamente... Mas o corpo desaparecera...

— Você matou, você é um assassino! — teimava Lucia, já chorando.

— Juro que não. Só cometi um erro — admitiu Paulo. — Não morri também... Eu devia ter procurado a morte... Devia ter mergulhado para nunca mais... Mas tive medo, tive horror da morte... Alguma coisa se rebelou em mim contra a ideia de desaparecer...

Foi, então, que Lucia teve um gesto que surpreendeu a si mesma e ao próprio Paulo. Estreitou entre suas mãos o rosto do noivo, como se quisesse ler, na sua fisionomia, os mistérios de sua alma:

— Não vejo a verdade nos seus olhos — foi o comentário de Lucia. — Você não disse a verdade.

Ele desprendeu-se, segurou-a com violência:

— Duvido que alguém chegue na minha frente e diga: "Você mentiu!".

Lucia não chegou a dizer nada. Porque saía do caramanchão a estranha, a formosa figura de Virgínia. Estava diante de Paulo. E dizia:
— Você mentiu, Paulo!

# 16

## Encontrou um túmulo de águas

A EXPRESSÃO DE Paulo diante de Virgínia, ou da suposta Virgínia, foi de quem via uma coisa jamais vista, jamais sonhada. Parecia não acreditar nos próprios olhos e, por alguns momentos, é certo que se julgou vítima de uma pura e simples alucinação. Antes, empalidecera, quando Lucia o chamara de "assassino". E agora ficava ainda mais branco. Lucia lembrou-se da expressão "branco como um papel" que lera tantas vezes nos romances. Cambaleou como quem recebe, em pleno peito, um golpe material.
Perguntou:
— Quem é você?
Seu espanto era de quem assistisse a uma ressurreição. Virgínia deu uma resposta e fez, por sua vez, uma pergunta:
— Eu não sei quem sou. E você — quem é?
Lucia não se mexeu: olhava ora um, ora outro, num esforço doloroso de atenção. "Essas criaturas se amaram", foi o seu pensamento. Viu como Virgínia, numa espécie de fascinação, se aproximava de Paulo.
Ele balbuciou, lívido de medo, pois a expressão do seu rosto era, realmente, de medo e de espanto:
— Eu não a conheço... Eu não sei quem é você...

A outra estendeu para ele as duas mãos, num apelo:

— Você é Paulo... E, pelo amor de Deus, não me desconheça... No mundo — baixou a voz — a única pessoa que me conhece é você... Só você, um dia, dirá a mim mesma quem sou eu...

Ele recuou, como se ela fosse, não criatura viva, mas aparição:

— É um engano... Nada existe entre nós... Não a vi nunca...

Só então Lucia rompeu o próprio silêncio. Exaltou-se, na embriaguez de sua cólera:

— É Virgínia, Paulo. Virgínia.

— Não, não! — protestou o rapaz.

— Virgínia, sim — teimou Lucia, sabendo que o fazia sofrer e querendo que sofresse mais. — Este nome não lhe diz nada? — E ironizou: — Não lhe sugere, por exemplo, a lembrança de um crime? A lembrança de um barco? A lembrança de uma tempestade?

Virgínia passava a mão pelo rosto de Paulo. Não havia nela nenhuma excitação, mas uma estranha, uma apaixonada serenidade, que a tornava mais sobrenatural. Dir-se-ia que sua graça se fazia mais delicada, triste, pungente, agora que procurava identificar o Paulo de seu destino, o homem a quem amava ou pensava amar.

Dizia numa voz doce, muito velada:

— Você é, então, muito parecido com Paulo... Os mesmos olhos e esse desenho de boca... Os cabelos, também!

Virou-se, brusca, para Lucia:

— Podem existir duas criaturas tão parecidas no mundo?

— Não, não!

E isso, essa opinião de Lucia, pareceu dar à outra um vivo sentimento de felicidade.

— Viu, Paulo? Não pode existir, não existem duas criaturas assim... Você tem o mesmo nome, o mesmo rosto, e ainda o mesmo olhar... Fale! Quero ouvir, de novo, sua voz, quero conhecer sua voz, sentir que é a mesma e não outra... Diz uma palavra que seja...

Aterrado, ele se mantinha em silêncio. Talvez seu desejo fosse de fugir, desaparecer, mas estava preso ali, com os pés chumbados. Virgínia se aproximava, mais e mais, e ele sentiu, de súbito, o perfume que se desprendia dela, de suas mãos próximas, dos cabelos, da pele e do próprio vestido. Esse perfume acordava nele não se sabe que sonhos, que ardente nostalgia.

Persistia:

— Eu não a conheço... Nunca a vi...

E ela, mais doce, mais persuasiva:

— Diga, ao menos, o meu nome. Tantas vezes lhe perguntei: "Qual é meu nome?". E você prometendo, sempre, que, mais tarde, diria. Sou eu que estou lhe pedindo: Meu nome. Qual é meu nome?

— Virgínia — foi a resposta de Lucia. — Você chama Virgínia.

Paulo teve um grito abafado.

— Não!

A outra virava-se para Lucia, num espanto absoluto:

— Virgínia? Eu chamo mesmo Virgínia?

Lucia repetiu, lenta, como se quisesse fixar cada sílaba na alma da moça:

— Virgínia... Grave em si este nome!

— Guardarei, sim — prometeu. — Não me esquecerei nunca... Juro que não me esquecerei...

Apertou entre as duas mãos o próprio rosto. E já estava na obsessão do nome:

— Virgínia — dizia, experimentando na boca a doçura de cada sílaba. — Eu me chamo Virgínia, para sempre Virgínia...

Rosto a rosto com Paulo, disse:

— Nasci com este nome, morrerei com este nome... Um dia, serei enterrada com ele...


NESTE MOMENTO, CARLOS caminhava numa das margens da lagoa. Há muito e muito tempo, morrera a bem-amada. Mas o corpo não aparecera nunca. Estranho o destino da afogada. Sua sina fora a de ter um túmulo de águas. Às vezes, ele procurava imaginá-la morta. De olhos abertos, tinha uma espécie de sonho consciente, de sonho voluntário: era como se a visse no fundo da lagoa, como uma lírica, uma linda e inverossímil defunta, com a beleza intacta, uma graça ainda mais serena e os cabelos enfeitados de flores aquáticas. As águas passavam de leve, pelo seu sono de amorosa muito bonita e muito amada.

— Virgínia... — balbuciou Carlos diante da lagoa; e repetia este nome: — Virgínia...

Chamava-a baixo; ou, antes, talvez não chegasse a dizer o seu nome, talvez apenas *pensasse* o seu nome. E, então, tinha a ilusão de que ela o escutava e de que se fazia mais tranquilo e mais lírico o seu sono no seio das águas. Neste dia, porém, ele chegava com o coração atormentado. Pela primeira vez — desde o *crime* — uma outra mulher se interpunha entre ele e a nostalgia da morta. E era Lucia.

Então, Carlos falou ou pensou estas palavras:

— Ela se parece contigo... Seus olhos lembram os teus... E assim teus lábios. E o perfume da boca... Sinto como se tua alma desse luz aos olhos de Lucia...

Ele pensava tudo isso, diante da lagoa. Sua vontade era prostrar-se diante das águas, como diante de um túmulo. Perseguia-o a ideia fixa da infidelidade. Muitas vezes, nas suas vigílias cheias de febre, pensara: "Por que só as vivas mereceriam a fidelidade? Por que não ser fiel a uma morta?".

O próprio Carlos percebia que este raciocínio era como o fruto de um delírio, de uma doença mental. Fazia um apelo ao próprio senso comum: "Quem morreu, acabou-se... É preciso esquecer os mortos...". Mas *não podia* — eis tudo. Não conseguia esquecer. A morta estava muito mais sensível, muito mais presente, do que as vivas. Era uma frágil, uma tênue lembrança, mas que se irradiava por toda a sua vida. Ele emergia nessa lembrança num sonho voluntário. E pensar na outra mulher, *gostar* de pensar noutra mulher — parecia-lhe como que uma afronta, um desafio à memória da que morrera.

— Hoje — disse, a meia-voz, como se ela pudesse escutar — hoje é o dia do *crime*... Farei o *crime* em sua intenção... Adeus, querida!

Pescadores olhavam, de longe. Carlos já não espantava ninguém. Há meses que, quase todos os dias, estava ali, fazendo gestos para as águas, falando sozinho. "É doido", diziam. E ele próprio sentia que estava nas fronteiras da razão e da loucura. E mais um passo era o abismo.

Ao mesmo tempo, muito longe dali, Virgínia mergulhava o rosto nas duas mãos e perguntava:

— Eu me chamo Virgínia... Eu sou Virgínia... Mas...

Vacilou:

— Mas quem é Virgínia?... Digam — pediu a Paulo e a Lucia. — Quem é Virgínia?

Então, Paulo não resistiu mais. Lucia, sem uma palavra, viu-o fugir, no seu desespero.

— Foi-se — balbuciou Virgínia, com espanto.

Lucia, violenta, segurou-a pelos dois braços:

— É ele? É ele o Paulo que você conhece?

A outra, numa tristeza de todo o seu ser, responde:

— Não sei, juro que não sei...

# 17

## Tão bonito um amor infeliz!

NOVAMENTE, D. DORINHA apareceu. Não mais na janela de cima, mas na porta de baixo; ou, com maior exatidão, na porta da varanda. A seu lado, estava uma visita que, à distância, Lucia identificou: era d. Bárbara. D. Dorinha chamou:

— Lucia! Olha quem está aqui!

Lucia ia dar uma resposta impaciente, mas controlou os próprios nervos. Se não fosse, a mãe viria ao seu encontro, ora se viria. Pediu a Virgínia:

— Quer me esperar, um instantinho, que eu já volto, já?

— Espero, sim — balbuciou a outra.

Lucia foi e Virgínia — ou a suposta Virgínia — ficou sozinha, com os olhos muito abertos, as mãos frias e trêmulas e o coração descompassado. Quem visse aquela moça de branco, junto ao caramanchão, teria notado a expressão dos seus olhos.

Sim, parecia estar fora da realidade, parecia estar possuída de um tristíssimo sonho.

Na varanda, Lucia teve que se deixar beijar por d. Bárbara. D. Dorinha, muito viva, quis saber a opinião da outra:

— Que tal minha filha, dona Bárbara?

A visita esbanjou elogios.

— Linda! Um amor. Está mais gorda, não está?

— Não — negou, áspera, Lucia. — Até emagreci.

D. Bárbara não se deu por achada:

— Pois não parece?

E fez seu juízo final:

— Está com uma aparência ótima!

Então, d. Bárbara anunciou uma surpresa. "Surpresa?", perguntou Lucia a si mesma. Estava tão perturbada com os últimos fatos de sua vida, tão fora de sua normalidade, que estremeceu, imaginando que surpresa seria esta. Em suma: pensou em tudo, menos que se tratasse de um presente. Nada mais do que isso. D. Bárbara pediu:

— Feche os olhos, minha filha.

Lucia fechou, dócil, embora com um princípio de irritação. Pensava em Virgínia, em Carlos; pensava, também, no seu amor. Só não pensava no próprio casamento. Dir-se-ia que não era noiva e, sobretudo, que não estava a poucas horas da cerimônia nupcial. Se lhe falassem nisso, se lhe falassem em casamento, teria se espantado honestamente: "Eu me casar, amanhã? Eu? Logo eu?". Ouviu d. Bárbara dizer:

— Pode abrir.

Ela obedeceu. D. Bárbara, triunfante, mostrava-lhe um colar realmente lindo. D. Bárbara era milionária, diga-se. De maneira que o colar valia uma fortuna. Lucia olhou as pérolas. Teve que fazer um esforço para simular admiração, alegria, para exclamar:

— Muito bonito!

E já d. Dorinha — que gostava muito de joia e ficava fremente diante de uma — colocava o colar no pescoço da filha. D. Bárbara, no orgulho do próprio presente, chamava outras pessoas:

— Venham ver. Venham ver!

As opiniões eram maravilhadas:

— Uma beleza!

— Uma beleza!

Outra:

— Coisa louca!

O que ninguém podia imaginar era que Lucia estivesse impassível por dentro. Nada a comoveria naquele momento, o mimo mais caro, a joia mais rara. Via no entusiasmo das visitas — um sinal de irremediável frivolidade. Pensou, exagerando: "Como se pode gostar de joias!". Enquanto d. Bárbara, d. Dorinha e os demais se dissolviam em adjetivos, ela se fechava cada vez mais no seu sonho. Agora pensava no *crime*.

Dizia a si mesma: "Carlos vai matar Paulo!". Compreendeu que só ela poderia evitá-lo. "Preciso achar Paulo, preciso achar Carlos." Sobretudo, sentiu a urgência de uma intervenção. Não poderia perder um minuto, um segundo, um décimo segundo. Tirou o colar, deu a d. Dorinha:

— Volto já, mamãe!

D. Dorinha ainda quis retê-la:

— Venha cá, Lucia!

Mas não ouviu ou não quis atender. Quando chegou no caramanchão, espantou-se.

Virgínia não estava mais. Aproveitara-se de sua ausência e fugira. Lucia experimentou um sofrimento agudo. Como encontrá-la agora? Como descobri-la numa cidade imensa, no meio de dois milhões de pessoas? Perdeu a cabeça. Ia voltar para telefonar de casa — quando viu o grupo de mulheres na varanda. Recuou: não estava em condições psicológicas de suportar a conversa tão vazia, tão irresponsável, daquela gente. Falaria no telefone, mas de outro lugar.

Sem que ninguém visse, saiu pelo portão dos fundos. Se ela pudesse imaginar que, naquele momento, Virgínia estava caminhando por uma rua próxima! Ah, Virgínia era outra que parecia sonhar de olhos abertos. Os transeuntes paravam, espantados, para olhar a moça linda, que andava, de olhos fixos, como uma sonâmbula.

Ela ia perdida, completamente perdida. De vez em quando, detinha-se, perguntava-se a si mesma, a meia-voz:

— Quem sou eu?

Era como se uma voz interior repetisse mil vezes esta interrogação. Teve vontade de tapar os ouvidos. Se pudesse ao menos encontrar alguém, no mundo, a quem perguntar:

— Meu nome, preciso saber meu nome!

De repente, estacou. Ouvia, atrás de si, uma voz:

— Lucia, Lucia.

Não era esse o seu nome. Esse era o nome da outra moça, da noiva de Paulo. Mas, ainda assim, parou, certa de que a pessoa, fosse quem fosse, e embora a chamasse por outro nome, se dirigia a ela. Não se mexeu, nem se virou.

Quem fez a pergunta, com um ar, uma inflexão de íntimo, já estava a seu lado e queria saber:

— Você vai aonde?

Estavam, agora, frente a frente. Virgínia via, diante de si, um rosto que era, a um só tempo, prodigiosamente familiar e desconhecido. Parecia-lhe já ter visto aquele rosto. E, no entanto... No entanto, não podia ser. Quem seria aquele homem que surgira em algum sonho, entre neblinas? Quem sabe se não o conhecia apenas de sonho?

Disse, balbuciou, sem desfitá-lo:

— Eu não sou Lucia, eu não me chamo Lucia...

Carlos, pois era Carlos, disse ou gaguejou:

— Desculpe, desculpe... Foi engano meu, desculpe...

Mas não se afastava, como se aquela figura de mulher, que estava na sua frente — olhando-o com um duplo sentimento de espanto e de medo — o fascinasse. Ele estava dominado por uma sensação de profunda irrealidade. Sentiu como alguém que entrasse, bruscamente, num delírio:

— Não pode ser! — exclamou. — Você se parece com duas pessoas ao mesmo tempo... Com duas mulheres... Uma delas é Lucia...

Parou, com medo de continuar. Ela perguntou:

— Quem é a outra?

Carlos quis evitar uma resposta:

— Foi engano — desculpe...

Mas Virgínia agora insistia, crispou nos braços de Carlos as suas duas mãos nervosas:

— Pelo amor de Deus, diga — quem é a outra?

— Não posso, nem adiantaria... É uma pessoa que morreu, há muito tempo...

Virgínia baixou a voz:

— E eu me pareço com a morta?... Pode dizer, diga... Meu rosto lembra o da morta?

Ele a fixou apaixonadamente:

— Um pouco... Lembra pouco...

Virgínia fechou os olhos:

— Continue olhando para mim... Não tire os olhos de mim...

— Estou olhando...

Perguntou:

— Acha que eu posso ser a que morreu? Acha que eu posso ser essa que morreu e foi tão infeliz e tão amada?

# 18

## Nenhum homem amaria uma morta

Quando vira a moça, Carlos não teve a menor dúvida: era Lucia. O mesmo andar, a mesma figura, o mesmo tom de cabelos e, além disso, essa aura pessoal, que cada um de nós leva consigo e que serve para identificar o homem e a mulher, à distância. Apressara o passo, com um muito vivo sentimento de felicidade. Andava tão desesperado, tão descontente de si mesmo e da vida, que uma pequena e doce surpresa o transfigurava. Uma mocinha, que na hora ia passando, percebeu que o rapaz trazia uma ardente luz interior. Achou-o mais belo, por isso. Diante da suposta Lucia, Carlos teve uma outra surpresa. Olhava para Virgínia e sentia que se enganara. Era parecidíssima, sim. Havia, porém, um quê diferente, algo de sutil, de indefinível. Mas o que, acima de tudo, o assustara, foi a jovem; sendo parecida com Lucia, parecia ainda mais com uma outra pessoa, uma outra mulher, que marcara profundamente sua alma e seu destino. Disse para si mesmo:

— Virgínia... Virgínia...

Ao mesmo tempo reagiu: "Não pode ser, é impossível". Sentiu-se aproximar-se da loucura. Teve medo de si mesmo: "Acabo enlouquecendo". Uma coisa lhe pareceu certa: se acreditasse numa ressurreição de Virgínia, se admitisse esta ressurreição — não haveria dúvida. Estaria louco. E, no entanto, não se resolvia a ir-se embora. Alguma coisa o prendia ali. E tudo era estranho na desconhecida: a própria beleza, que parecia extremamente delicada e sensível, como que extraterrena; o vestido, muito leve, de uma brancura ideal, sugerindo a ideia, não de uma transeunte comum, mas de uma noiva extraviada. Por outro lado, tudo que ela dizia pareciam palavras nascidas na febre e no delírio:

— Diga o meu nome... Eu tenho um nome, preciso ter um nome...
Ele compreendeu o desespero desta alma. Ninguém se resigna a ser anônimo, todos querem uma identidade. Carlos gaguejou uma desculpa, a primeira que lhe ocorreu:
— Não sei, não posso saber... Procure se lembrar...
E experimentou uma tal angústia que quis fugir. Mas a outra se agarrou a ele, chamando a atenção das pessoas que passavam. Pedia, quase exigia:
— Dê-me um nome! Qualquer que seja ele, dê-me um nome!
Carlos não teve mais dúvidas: "É uma doida! Bonita, mas doida!". E o pior é que se sentia perturbado, como se a loucura da moça se transmitisse a ele, o envolvesse também e o arrebatasse. Pensou em convencê-la, em argumentar com ela, demonstrando que não se pedem nomes aos transeuntes, que a gente já sai de casa com um nome etc. Percebeu, porém, em tempo, o que havia de pueril e mesmo de insensato neste raciocínio. Como continuasse calado, olhando-a apenas, ela suplicou:
— Diga, então, um nome de mulher... Eu o aceitarei, eu o farei meu... Diga... Talvez desse nome dependa a minha vida...
Carlos, então, disse, lento, sem desfitá-la:
— Virgínia... Ouviu bem? — e repetiu: — Virgínia...
Por dois ou três segundos, ela o fitou com uma expressão de espanto. Parecia esperar tudo, menos que ele dissesse este nome, exatamente este nome, quando existem milhares de outros. Fechou os olhos:
— Virgínia... — balbuciou; e tornou, arrepiada — Virgínia...
Era demais para Carlos. Mais do que nunca teve o medo da loucura; abandonou-a no meio da calçada. Virgínia ficou, atônita, vendo-o desaparecer. Ainda quis chamá-lo. Deu três ou quatro passos em sua direção. Quase gritou: "Volte!".
Mas não saiu nenhuma palavra, como se, de repente, tivesse emudecido. Carlos corria quase, esbarrando nas pessoas, com todos os nervos crispados. Parecia-lhe que, em defesa de sua razão, não deveria acreditar, em hipótese nenhuma, que ela fosse Virgínia.

Argumentava consigo mesmo: "Virgínia morreu... Afogou-se... Foi assassinada...". Por um momento, roçou-lhe o espírito uma hipótese: e se não tivesse morrido? Se estivesse viva? Se tudo não passasse de um equívoco fantástico? Fez um esforço, no sentido de se libertar dessas especulações que acabariam produzindo nele um desequilíbrio mental. Precisava ver Paulo. Ele diria a verdade, toda a verdade. Estacou, de súbito, porque lhe ocorrera uma possibilidade:

— Mas Paulo poderá mentir!

Como saber que o outro diria a verdade, como arrancar esta verdade. A ideia de que Paulo talvez o mistificasse, de que engendrasse uma história qualquer para enganá-lo — fê-lo tremer de raiva — uma raiva, cega, potente, obtusa. Parou no meio da rua, disse, entre dentes, numa ameaça ao inimigo invisível:

— Mate-o! Mate-o como se mata um cão!

Sentia em si mesmo a potência desse ódio. Não teria pena de Paulo, nenhuma, nenhuma. Podia ter ido diretamente à casa do inimigo. Mas, não. Tomou um táxi — o primeiro que apareceu — e deu o próprio endereço. Quando chegou em casa, sua mãe o esperava, inquieta:

— Tem uma moça esperando você, meu filho.

Estacou, espantado:

— Uma moça?

Quis entrar logo, mas sua mãe ainda o deteve:

— O que é que você tem, Carlos?

— Nada, nada — respondeu impaciente.

Ela o advertiu, nos seus presságios de mãe:

— Olhe o que você vai fazer, meu filho!

Não tinha nenhum indício concreto, nenhum elemento de convicção, a pobre senhora. Mas, clarividente como quase todas as mães, percebia que ele se estava consumindo. Se fosse um amor, ainda bem. Mas não. Talvez fosse o sentimento contrário, talvez fosse um ódio. Carlos andava sombrio, taciturno, como o homem que odeia com todas as forças de sua alma e de sua vontade. Pelo vidro da janela, a atormentada senhora viu o filho aproximar-se da visitante. Não houve entre os dois nenhum cumprimento.

— Eu adivinhei que era você — disse Carlos. — E foi bom que viesse. Eu precisava muito ver você. Precisava... — hesitou.

Ela pediu:

— Diga.

E Carlos:

— Precisava olhar para você, e muito.

Lucia sorriu, não sem tristeza:

— Estou aqui. Olhe, farte-se de olhar.

Sentaram-se; ela ergueu para ele o seu rosto, em que se refletia uma profunda tristeza. Durante alguns momentos, ele não disse uma palavra. Criou-se entre os dois um encanto muito vivo; e não falavam, para que nenhuma palavra quebrasse, ferisse este encanto.

Lucia era feliz de estar sendo olhada, daquela maneira intensa, exclusiva e ardente. Por fim, disse:

— Eu sei por que você está me olhando.

— Não, não sabe. Nem imagina.

— Quer que eu diga?

Hesitou, antes de admitir:

— Fale.

— Você está me comparando.

Ele admirou-se:

— Eu?

— Você, sim.

— Mas comparando com quem?

— Com a outra — suspirou Lucia — com a outra.

Carlos empalideceu:

— A outra quem?

Lucia disse o nome, lentamente:

— Virgínia.

Ela assustou-se quando ele se levantou, muito pálido. Viu-o ir até a janela, olhar o jardim pelo vidro; e voltar com um ar absoluto de fadiga e de sofrimento:

— A *outra* morreu. É como se nunca tivesse existido.

Lucia ergueu-se:

— Não morreu, você agora sabe que ela não morreu — exaltava-se sem querer. — Quando o vi entrar, tive certeza de que você a tinha encontrado, visto... Seu olhar foi de quem comparava duas mulheres... Eu sei que ela está perturbada, sei. Admito mesmo que esteja doida... Nenhum homem se enamoraria de uma morta... Mas deve haver homens que se apaixonem por uma louca...

Ele tentou uma ironia:

— Eu por exemplo?

## 19

## Para sempre amada

ATÉ ENTÃO, CARLOS lutara, com todas as forças, contra a convicção que, lentamente, se formava no seu espírito — de que Virgínia não morrera. *Precisava* reagir, *precisava* não aceitar esta possibilidade fantástica. Ou acabaria louco. Mas quando Lucia começou a falar na outra, as dúvidas de Carlos se dissiparam magicamente. Sim, ele deixou de ter essas dúvidas: ele adquiriu a certeza — a súbita e irrevogável certeza — de que a desmemoriada era Virgínia. Já, agora, esta convicção prescindiria de provas. Ele estava certo, ele estava definitivamente certo. Virgínia voltara. Não sabia como, nem podia imaginar. Estava tão dominado pelo sentimento de que ela voltara, que aceitaria mesmo a ideia de uma ressurreição. E se isso fosse verdade, quereria dizer que as amorosas que morreram cedo — poderiam, ainda, por meios sobrenaturais, retornar à vida.

Lucia, sentindo que ele imergia num sonho, que forçava esse sonho e se abandonava a ele — segurou-o pelos dois braços, quis despertá-lo de sua abstração:

— Você ainda não disse, Carlos — trincou os dentes como se trincasse também as palavras — ainda não disse qual de nós duas é a mais bonita.

Ele caiu em si:

— E preciso dizer? — perguntou.

— Precisa. Eu não saberia viver, não teria um descanso, se você não dissesse.

— Eu direi depois — foi a resposta.

Mas ela exigia num desespero, em que havia a raiva do ciúme:

— Quero saber agora, já.

— Nem você é mais bonita, nem ela. Ambas se parecem muito, são tão parecidas!

E foi um sofrimento atroz para Lucia. Teria preferido, mil vezes, que ele fosse falso, convencionalmente amável, que mentisse em seu favor. Vendo que o despeito fermentava no mais íntimo de si mesma, teve um suspiro profundo:

— Então, já sei.

Estava muito altiva, muito digna, numa dor muito sóbria. Tinha pousado a bolsa em cima da mesinha. Apanhou-a. Ele quis saber:

— Já sabe o quê?

E ela, olhando-o muito e desesperadamente:

— Já sei que terminou tudo; e que não me resta senão ir-me embora.

Carlos levantou-se também:

— Ir embora para onde?

— Para nunca mais!

Pois essa era sua vontade, sua decisão: agora que a outra voltara, ela se sentia excluída da vida de Carlos, sentia-se expulsa dessa vida. Carlos só teria amor para outra e a outra inspiraria todos os seus sonhos, iluminaria toda a sua vida.

Encaminhou-se para a porta. Deixava toda a sua felicidade de mulher atrás de si. Mas ele, rápido, se colocou na sua frente:

— Você não sai daqui!

— É inútil, Carlos, é inútil. Para você já acabei. Não represento mais nada.

Ele abraçou-se a ela, estreitou-a nos seus braços:

— Representa tudo.

Disse, então, uma porção de coisas triviais e desesperadas:

— Você representa tudo! — E repetia com súbito furor: — Tudo! Antes de você aparecer, eu estava morto, era um homem morto, ninguém me salvaria mais... Ah, se você não aparecesse, se eu não visse você na rua...

Lucia o ouvia, fascinada. Nada do que ele dissesse, nenhuma palavra, seria banal, vaga, inexpressiva. Carlos tinha o dom de embelezar cada frase, de dar a cada frase uma música, um calor, um frêmito que nenhuma mulher poderia esquecer.

Ela perguntou, numa súbita curiosidade:

— Se eu não aparecesse, você faria o quê?

Carlos a trouxe de volta. Fê-la sentar-se, de novo:

— Primeiro, eu me vingaria...

Ela teve uma expressão de dor:

— Vingaria Virgínia?

E doeu-lhe que ele quisesse vingar a *outra*, que comprometesse a própria alma — em intenção da que morrera. Não pôde conter um lamento:

— Sempre Virgínia!

Só então ele percebeu o ciúme. Pareceu-lhe que o ciúme que se tem de uma morta devia ser um sentimento intolerável, mais trágico que um ciúme normal. Poderia tentar um argumento, mas não teve ânimo, vendo-a numa prostração absoluta.

Lucia se queixava:

— O *crime* de que você falava era, então, este?

— Sim — admitiu.

— E ainda vai cometê-lo?

A resposta poderia ter sido imediata e não foi. Ela estava tão fremente, com um ar tão vivo de sofrimento, que Carlos teve medo. Mas Lucia insistiu, teimou, já exasperada:

— Vai?

Admitiu:

— Vou.

Ele desconfiava de qual seria, naquele momento, o estado psicológico de Lucia. A moça sempre abominara o crime; e muito mais um crime que o bem-amado iria cometer. Mas agora o seu desespero era maior: porque este crime era em intenção de uma mulher que ele amara e que talvez ainda amasse. Se não houvesse essa mulher, se ela não fosse a inspiradora — talvez Lucia aceitasse melhor o *crime*. Mas agora se revoltava com uma violência maior:

— Posso lhe fazer um pedido?

— Pode.

— Aliás, eu já fiz esse pedido: neste momento, tenho uma razão maior para insistir. E insistir de uma certa maneira, porque o pedido se modificou um pouco.

Carlos não entendeu:

— Modificou-se?

— Sim, Carlos, modificou-se. Antes era realmente pedido. E agora, não.

— É, então, o quê?

Ela disse, sem desfitá-lo:

— Exigência.

Houve um silêncio. Carlos estava espantado:

— Você exige?

Lucia nunca foi tão doce:

— Desculpe, Carlos, mas — EXIJO. Se você me ama, se você gosta de mim — abandone a ideia desse crime. Você quer matar, por causa de uma mulher, de uma outra mulher. Se ainda fosse uma morta; mas a *morta* está viva.

Disse, repetiu:

— Não quero — ouviu? Não quero!

Ele poderia ter respondido. Mas não quis; ou quando ia responder, mudou de ideia. Fez, então, uma coisa que não premeditara: curvou-se rápido e, antes que Lucia pudesse fugir com o rosto, beijou-a. Sua ideia era de um beijo rápido, mais de carinho que de amor. Mas o sentimento de ambos foi mais forte, mais poderoso, mais fatal. Ela sentiu um deslumbramento. Quando acabou — Lucia tinha uns olhos de febre, de delírio, uns olhos de quem assistira ao nascimento de um sonho.

Ele perguntava:

— E agora?

Lucia admitiu, numa melancolia de todo o seu ser:

— Eu não exijo nada, eu não poderia exigir nada de você.

E confessou ainda:

— Estou perdida, Carlos, completamente perdida!

## 20

## A única coisa que interessa é que fui beijada

O QUE ACONTECEU depois? Lucia não saberia dizê-lo. A partir do momento em que deixara a casa de Carlos, não se sentia mais dona de si mesma. Passou a ter das coisas, das criaturas e dos fatos um sentimento muito vago. Novamente, apoderava-se de todo o seu ser uma sensação de irrealidade profunda. Aliás, desde que se encontrara com Carlos que estava assim, os olhos muito abertos — uns olhos que nada viam, de sonâmbula. Não se lembrava nem mesmo de como saíra da casa do bem-amado. Fez um esforço de memória. Ah, sim! Carlos a deixara por um momento:

— Preciso ir lá em cima, ver uma coisa — dissera.

Sorrira, com uma fadiga em que havia algo de voluptuosidade. Ele subira, rapidamente. E foi o bastante. Ela aproveitara o ensejo para fugir. Pois, ao sair, ia num desespero de fuga. Se soubesse por que o bem-amado subira! Simplesmente para se armar. Lucia já chegara ao portão e ele, no quarto, estava colocando balas no tambor de um revólver. E quando acabou, respirou fundo:

— Pronto! — disse para si mesmo.

Esse "pronto" queria dizer muita coisa. Queria dizer que ninguém mais — nenhuma força humana — poderia alterar o seu destino e o de Paulo. Não eram irmãos, a não ser num sentido muito convencional. Ainda assim, ao descer a escada, Carlos disse para si mesmo:

— Caim e Abel.

Neste caso, quem era o Caim, quem era o Abel? Teve a mesma sensação que Lucia, isto é, a sensação de que não se governava mais, de que um destino invencível inspirava todos seus atos e sentimentos. Na sala, em vez de Lucia, encontrou sua mãe.

— Onde está a moça? — perguntou, inquieto.

— Saiu agorinha mesmo.

Ele correu. Queria vê-la, ainda, queria se despedir; queria que ela dissesse: "Eu te perdoo. Desde já te dou o meu perdão". Precisava desse perdão antecipado, antes de cometer o crime. Precisava saber, no mais profundo de sua alma, que ela não o condenaria jamais. Assim, a ausência de Lucia teve para ele o sentido de uma deserção, de um abandono num momento em que ele queria ouvir uma palavra, sentir um olhar de amor. Prescindiria das palavras, contanto que recebesse o olhar. Ou, ainda, um beijo. Na rua, olhou de um lado e de outro. Não havia ninguém, àquela hora. Correu numa direção qualquer. Em determinado momento, parou, gritando:

— Lucia! Lucia!

Esse grito desesperado ressoou como um apelo, um terrível apelo, na rua deserta. Alguém, assustado, abriu uma janela para espiar. Ele, então, teve vergonha de si mesmo, do próprio descontrole. Afastou-se. Mas o sentimento de vergonha se fundia num sentimento maior de rancor, de ódio. Disse, a meia-voz, como quem faz a si mesmo uma solene promessa: "Eu não te perdoarei nunca!". E teve uma espécie de maldição, que abrangia, no mesmo julgamento injusto, as mulheres em geral.

— São todas iguais! — E repetiu, na sua exasperação: — Todas, todas!

Andou ainda muito tempo, no seu desespero potente, até encontrar um automóvel. Deu o endereço de Paulo. E foi para este que, de súbito, se voltou todo o seu furor, toda a cólera que Lucia, com seu abandono, despertara na sua alma. Pensava, ao mesmo tempo, que se Lucia o tivesse beijado ainda uma vez...

Carlos estava na metade do caminho, para o encontro com Paulo, e Lucia entrava em casa. Ela dizia para si mesma, numa felicidade aguda como um sofrimento: "Fui beijada...". O que deslumbrava a sua sensibilidade é que esse beijo era o primeiro, de amor, realmente de amor, que recebera. Ela tivera um abalo de quem faz uma descoberta, de quem encontra, de repente, uma emoção como jamais sonhara. Na verdade, *descobrira* o beijo. Podia dizer, não aos outros, evidentemente, mas dizer à própria alma: "Fui beijada". Porque nada que experimentara se comparava ao êxtase, à espécie de sonho lúcido e terrível em que imergira. Dir-se-ia que, a partir do beijo de Carlos, passara a ter alma. Antes, não tinha; ou antes sua alma vivia adormecida. Bastara um instante e...

Abriu a porta e quase esbarrou com d. Dorinha. Esta fez, logo, uma reclamação:

— Mas minha filha! Onde é que você esteve esse tempo todo?
Mentiu:
— Fazendo umas compras.
E d. Dorinha, cada vez mais repreensiva:
— Todo mundo está reparando. Perguntam: "Quedê a noiva?". Tive que inventar não sei quantas desculpas...
— Mamãe, eu precisava descansar.

Precisava, sim. Mas não era, propriamente, descansar: mas sonhar, de maneira ardente, apaixonada.

Precisava pensar, não uma vez, porém muitas vezes, no beijo que recebera. Espantava-a que ninguém percebesse, que ninguém visse nela a *mulher beijada*. Não beijada como outras são pelos seus noivos, namorados e maridos. Mas beijada de uma forma quase sobre-

-humana, de uma forma que... Ouvia sua mãe falar de uma maneira incessante, interminável, e não entendia uma palavra. Estava fechada em si mesma, concentrada no próprio sonho.

A pobre d. Dorinha, com a maior inocência, ralhava:

— Você precisa tomar jeito, minha filha... Precisa compreender que uma noiva tem seus deveres... Que a véspera do casamento não é um dia como outro qualquer...

Já estava no meio da sala e Lucia estacou, atônita:

— Que casamento?

— O seu?

Teve uma expressão que d. Dorinha não soube como interpretar.

— Ah, é mesmo! — disse, lenta, calcando nas sílabas. — O meu casamento...

— Muitas visitas — continuou d. Dorinha — já foram embora... Sabe quem esteve aí?

Disse o nome de uma fulana. Lucia teve vontade de interrompê-la, dizer-lhe: "Minha mãe, não diga mais nada. Não esbanje seu tempo e o meu, com palavras... Nada me interessa. A única coisa que me interessa é que fui beijada". Sim, teve vontade de dizer e calou-se, porque ninguém compreenderia, nem sua mãe, nem ninguém. Afinal, *ser beijada* era o que havia de mais trivial, de mais inevitável, para uma moça que está no seu último dia de noiva e prestes a entrar no primeiro dia de esposa.

Neste momento, chegavam no alto da escada; o dr. Otávio vinha saindo do quarto. Teve uma exclamação alegre ao ver a filha:

— Como vai esta noiva?

Apertou-a de encontro ao peito:

— Tenho um presentinho para você... Depois eu mostro...

Foi aí que gritaram, debaixo:

— Dona Lucia, telefone!

Ela estremeceu. Não sabia quem era, mas um secreto instinto a advertiu de que era Carlos. Veio descendo os degraus, lentamente, numa angústia absoluta. *Sabia* que era Carlos e, por outro lado, tinha certeza de que ele vinha comunicar-lhe que acabava de... Cortou o fio do próprio pensamento. Diante do telefone, ficou alguns momentos imóvel. "Ele vai dizer que matou e que quer o meu perdão." Pôs o fone no ouvido, disse:

— Alô.

E esperou, com o coração quase parado, a voz da pessoa:

— Lucia!

Não era Carlos. Seu instinto falhara. Era Paulo. Lucia respirou, numa euforia tremenda. Tratou o noivo como nunca, de uma maneira quase amorosa:

— Ah, é você, Paulo?

O fato de estar vivo, telefonando, significara que Carlos ainda não cometera o crime, que talvez tivesse desistido do crime. Mas, ao mesmo tempo, ela estranhou a voz, a inflexão de Paulo. Parecia outro homem, mais viril, talvez, menos convencional:

— Eu não posso falar agora — dizia ele; e ela percebeu a sua angústia. — Mas quero dizer apenas uma coisa: você não me conhece bem, Lucia, você pensa que eu sou uma coisa e sou outra. Pareço vazio, frívolo... Mas se você soubesse! Se você soubesse ler na minha alma!... Talvez você não me veja mais... Se eu morrer...

Ela interrompeu:

— Morrer?

E Paulo, numa angústia que crescia:

— Sim... Eu posso morrer... Todos não morrem? Mas eu posso morrer mais depressa do que os outros... Quero, por isso, dizer, dizer que a amo, que ninguém jamais...

Ela esperou o resto, mas em vão. Disse:

— Alô! Alô!

Nenhuma resposta. Podiam ter cortado a ligação. Mas Lucia sentia que não era isso, sentia que o motivo era outro. E o que espantava mais é que, do outro lado da linha, houve um silêncio, mas um silêncio de quem morre. Crispou-se toda, porque alguém, uma mão qualquer, anônima e terrível — mão que não era de Paulo — acabava de pousar o fone no gancho.

Lucia recuou num espanto de todo o seu ser. E teve a sensação física de quem recebe no rosto o hálito da morte.

## 21

## Dividia seu amor entre a viúva e a morta

Nem todos os silêncios se parecem. Há um, sobretudo, que é alguma coisa de inconfundível, de trágico — o silêncio da morte, o silêncio de quem morre. Foi este o que Lucia sentiu quando, do outro lado da linha, alguém colocou o fone no gancho. Alguém que seria o assassino, alguém que acabava de matar. Numa palavra: Carlos. Lucia disse, com espanto e um desespero que se irradiava até as profundezas de seu ser:

— Carlos... Carlos...

Teve vontade de apertar os ouvidos; e o que a espantava e enchia de horror era a impossibilidade que sentia em si de chorar, de gritar. Seus olhos estavam secos; e, de repente, seu coração tornou-se tranquilo, sua alma deixou de sofrer, teve, por momentos, paz interior. Mas esta serenidade, esta calma sem um frêmito, era pior do que tudo, era pior do que o sofrimento mais agudo. Dentro dela, ressoante em todo o seu ser, estava o nome dele, como se uma voz incontrolável e sobrenatural começasse a dizer, a repetir: "Carlos... Carlos...".

— Meu Deus, meu Deus! — balbuciou.

Durante muito tempo esteve com o fone na mão, como se lhe faltasse coragem, iniciativa, para pousá-lo no gancho. Foi preciso que sua mãe, que vinha passando na ocasião, dissesse, como quem ralha:

— Que é que você está fazendo aí?

Caiu, então, em si, pôs o fone no lugar. Mas fixava em d. Dorinha seus olhos vazios e mortos de sonâmbula. Nova interrogação, exasperante, de d. Dorinha:

— Está sentindo alguma coisa, minha filha?

Suspirou:
— Cansada.
E d. Dorinha, mais frívola do que nunca:
— Imagino, imagino!
Se a pobre senhora pudesse imaginar a espécie de pensamentos que atormentavam a filha, naquele instante! Mas a mãe de Lucia jamais compreendera a filha, jamais pudera sonhar com o drama em que se consumia a moça. Sugeriu:
— Vá descansar um pouco. Isso passa, isso não é nada.
Lucia começou a subir. Não tinha nenhuma dúvida; ou, por outra, fixara-se no seu espírito a certeza de que Paulo morrera e de que Carlos era o assassino. No meio da escada, parou e fez um esforço da imaginação, para conceber a cena: Carlos chegando, sem rumor, aproximando-se de Paulo e o agredindo pelas costas. Não usara revólver; ou ela teria escutado, do telefone, o estampido. Fora, com toda certeza, um golpe único e definitivo, talvez uma punhalada. "Mas eu não ouvi nada!", admirava-se Lucia, já em cima, já abrindo a porta do próprio quarto. Entrou e fechou-se. Disse, a meia-voz, como se dirigisse a alguém — a alguém invisível:
— Por que fez isso, Carlos?... Por que matou?... Eu pedi a você, pedi tanto!... Só faltei me ajoelhar aos seus pés... E, no entanto, você matou!...
Foi até ao meio do quarto; continuava com a obsessão:
— Por quê?... Por quê?...
Na verdade, queria uma lógica, um motivo racional que explicasse a obstinação de Carlos na ideia homicida. Antes de seu aparecimento, está certo de que ele quisesse vingar-se, porque estava preso à lembrança da morta. Prosseguia o monólogo da moça:
— Mas quando você começou a me amar, seu ódio perdeu toda razão de ser... Você já não amava mais a *outra*... Só amava a mim... Nenhum homem ama duas mulheres ao mesmo tempo e muito menos sendo uma viva e outra morta... Pensar na *outra*, depois de mim, é quase traição, Carlos...

Veio sentar-se na cama. Sabia que não ficaria no quarto, que não dormiria, que estava num estado de nervos capaz de elevá-la à loucura. Ao mesmo tempo, pensou: "Preciso fazer alguma coisa...". Precisava, sim. Mas não lhe ocorria isso. Fazer o quê? E para quê? Concentrou toda a sua inteligência. Pouco a pouco, foi-se fazendo luz no seu espírito. Começou, lentamente:

— Preciso salvar Carlos!

Eis o que *precisava* fazer. Ergueu-se, bruscamente. Teria de sair outra vez, de passar pelas visitas, de sofrer a curiosidade materna; teria que ver, que sentir os preparativos para o casamento. Junto da porta, com a mão pousada no trinco, fez a si mesma esta pergunta:

— Que casamento?

Só ela sabia — ela e mais ninguém — que não haveria casamento nenhum. Entretanto, não poderia dizer, não poderia chegar no alto da escada e gritar, possessa, para as visitas e os parentes:

— Meu noivo morreu! Meu noivo morreu!

Pela primeira vez — e antes de abrir a porta — fixou seu pensamento naquele que fora seu noivo. Balbuciou:

— Meu noivo!

E, no entanto, significava tão pouco para ela que não conseguia sofrer com a sua morte. Abriu a porta, justamente no momento em que, na extremidade do corredor, surgiam algumas primas. Vinham num alegre bando, rindo, falando alto:

— Lucia! Lucia!

Aconteceu, então, o inesperado: foi como se Lucia não as visse e, ao mesmo tempo, como se elas não reconhecessem mais a prima noiva. Porque todos os rostos e todas as vozes emudeceram. As mocinhas ficaram imóveis e caladas, como se o espanto (ou o medo) as petrificasse. Lucia veio na direção das recém-chegadas. Foi, talvez, a sua atitude — fria, hirta, trágica — que assombrou as primas. Porque Lucia passou, assim ereta, sem olhar para ninguém, sem ver ninguém, como se um destino, mais poderoso que a sua vontade, a arrebatasse. Ela não se possuía mais, era possuída por esse destino misterioso e terrível. Lucia passou pelas parentas. Elas ainda deram passagem, instintivamente. Não lhes ocorreu deter a moça ou esboçar um sorriso ou fazer um cumprimento. Só depois que Lucia passou e desceu é que elas se entreolharam, atônitas. Eis a estranhíssima situação: estavam espantadas com Lucia e consigo mesmas. Uma delas, tentando vencer o sentimento absurdo do terror que se apossara de todos, perguntou:

— Mas que foi que houve?

Outra disse:

— Não sei, não sei.

Na verdade, não sabiam, nem poderiam explicar a angústia que apartava os seus jovens corações. Mas estavam inquietas, como se, à passagem de Lucia, tivessem recebido, nas faces ou nos cabelos, o sopro da morte. Neste momento, Lucia chegava à porta da rua. Ao atravessar o hall, tivera que explicar:

— Vou tomar um pouco de ar.

Nem d. Dorinha, nem dr. Otávio fizeram objeção. Lucia pôde, assim, atravessar o jardim. Enfim, na rua, disse, baixo:

— Salvarei Carlos.

Não sabia como, não tinha nenhum plano esboçado, não escolhera os meios de realizar seus desígnios. Nem importava. Sabia, por instinto, que a sorte do bem-amado estava nas suas mãos. Sabia que, entre todas as mulheres, só ela poderia salvá-lo. E isso, essa certeza, a penetrava de tristíssima doçura.

Chamou o primeiro táxi. Não tinha dinheiro, nem lhe ocorria o tipo de desculpa que daria ao chofer. Mas essa pequena dificuldade não a impressionava. Quando chegasse ao seu destino, diria qualquer coisa, como, por exemplo:

— Não tenho dinheiro.

Ou, então, o mandaria cobrar na sua casa. O que não podia era levar em conta um detalhe tão desprezível quando o que importava era redimir a criatura amada. Foi uma viagem rápida; ou que lhe pareceu rápida. Paulo possuía dois endereços: um da residência de sua família e outro de sua residência pessoal. Por pura intuição, deu este último. Ao saltar, em vez de uma desculpa que poderia irritar o chofer, disse:

— Espere.

Era uma pequena casa, graciosa, linda e solitária. Paredes branquíssimas, janelas azuis, com amendoeiras no jardim. A porta da

frente estava entreaberta. Lucia empurrou-a. Calculou que, ao sair, Carlos não a fechara. As luzes estavam acesas. A moça passou por uma pequena sala e entrou numa outra, maior, onde estava o telefone. E estacou, crispando-se:
— Carlos! — balbuciou.
Diante dela, estava a cena que ficaria para sempre gravada no seu espírito: Paulo estava deitado, de bruços, perto do telefone. "Morto", pensou. Abaixando, como se o revistasse, aparecia Carlos. Virou-se, rápido, ao ouvir a voz da moça. Estava agora de pé:
— Você, Lucia!
Ela correu, atirou-se nos seus braços:
— Fuja, Carlos, fuja!
Carlos a beijava:
— Quem deve fugir é você!
Foi, então, que ela teve, bruscamente, a ideia:
— Eu acompanharei você, Carlos...
— Você?
E ela:
— Para onde você for, eu irei — acariciava-o nos cabelos. — Até ao fim do mundo...

## 22

## Dei minha vida por um homem

O QUE HAVIA em Lucia era a ideia, a obsessão da fuga. *Fugir* não sabia para onde, nem importava, mas *fugir* sempre, de uma maneira contínua, interminável, uma fuga que não tivesse fim, que não acabasse nunca.

Carlos não compreendia, perguntava:

— Fugir?

— E logo! Antes que seja tarde!

Carlos entendia cada vez menos. Houve um momento em que duvidou da razão de Lucia. Ela parecia-lhe, com efeito, estranha, anormal, com os olhos vermelhos de febre e uma expressão de angústia como jamais vira em rosto de mulher. Sentia que ela queria levá-lo, como se um perigo de morte o ameaçasse, como se temesse perdê-lo, e para sempre. Naquele instante, ela pensava em como era grande o mundo e que, sendo tão grande, não faltariam lugares, recantos, vales, furnas, onde dois amorosos pudessem se esconder de tudo e de todos, escapar da cólera e da justiça dos homens.

Lucia teve um gesto inesperado. Apertou entre suas mãos o rosto vivo, sensível, de Carlos. E comoveu-a a proximidade dessas feições lindas, perfeitas e frementes!

— Eu pedi tanto, Carlos, pedi tanto que você não fizesse isso! Pedi tanto que você não praticasse o *crime*!... Você não me atendeu, você não quis me ouvir! E tudo, por quê?... Por causa da *outra*, Carlos! Por causa da que morreu...

No fundo, era isso que a exasperava, que a fazia sofrer como jamais sofrera uma mulher. Por outras palavras: não era bem o crime em si que a espantava e lhe dava aquele pânico. Era a mulher ou a lembrança de mulher que inspirara Carlos. Ele matara por causa de Virgínia. E, durante alguns momentos, Lucia desejou ser amada com um desses amores que levam o homem a um crime — amores cegos, exclusivos, mortais:

— Ah! — suspirou. — Quando um homem mata por uma mulher é porque a ama muito, a ama demais!

— Não, não! — protestou ele.

Ela, porém, não se deixou convencer:

— Eu sei que sim, Carlos! Não é a mim que você ama, é à *outra*...

Carlos, rápido, a segurou pelos dois pulsos:

— É a ti que eu amo... A ti e ninguém mais... Até o momento de encontrá-la, eu pensei na *outra*, eu só pensava na *outra*...

Ela cortou:

— E continua pensando!

— Juro!... Você tomou o lugar de Virgínia...

Mas Lucia teve um último e desesperado argumento:

— Então, por que matou?... Por que se tornou assassino?

Ele agora queria arrastá-la:

— Vamos, vamos!... Eu preciso muito falar com você... Preciso dizer a você coisas que jamais disse a ninguém... Mas aqui, não! Aqui não posso... — baixou a voz. — Quero estar longe desse corpo, muito longe...

E era esta a verdade. Espantava-o a ideia de que ali havia uma testemunha daquele diálogo de vida e de morte, e a mais estranha, a mais inócua das testemunhas: um cadáver. Há uma hora, quarenta minutos, aquele homem estava vivo, ia se casar, fazia projetos, pensava na noiva, sonhava com a noiva, de maneira ardente, intensa. E agora, de rosto pousado no tapete, estava para sempre isento de qualquer paixão, fosse do amor, fosse do ódio.

Lucia aquiesceu:

— Vamos, então!

Mas na porta, ela se deteve:

— E as impressões digitais?

Pois lhe ocorrera que o assassino podia ser identificado pelas impressões digitais. Lera romances policiais, vira filmes, inclusive um documentário policial. Conhecia a importância vital de um detalhe dessa natureza. Seu raciocínio foi rápido, rápida a sua decisão:

— Volto já!

Deixou-o na porta, esperando, e retornou à sala. Estranha a sensação de uma mulher que se vê, sozinha, numa sala, diante do noivo morto. Por um segundo ou dois, teve medo; e mais do que isso: seu estômago se contraiu, uma náusea violenta. Mas se dominou. Precisava controlar os nervos. Dela, de sua iniciativa, dependia o destino de Carlos.

Teve uma exclamação abafada:

— Ah, meu Deus!

Aproximou-se, a medo, do cadáver. Ainda não sabia, não tinha a menor ideia de como se verificara o crime. Ignorava que arma teria sido usada. Olhou, então. E admirou-se:

— Punhal!

Carlos usara o punhal. E esse detalhe fê-la sofrer de uma maneira intolerável. Porque pela primeira vez achava o punhal mais cruel, mais odiento do que outra arma qualquer, como, por exemplo, o revólver. O punhal parecia exigir do criminoso uma vontade mais perversa e mais implacável, parecia tornar maior a sua participação.

Balbuciou, na sua tristeza e na sua pena:

— Carlos... Carlos...

Nenhuma palavra, nem um pensamento, nem mesmo o nome do noivo parecia lhe ocorrer... Dir-se-ia que era o cadáver de um estranho. Aproximou-se ainda mais. Olhou o cabo do punhal emergindo das costas do morto. Poderia arrancá-lo. Mas teve medo, embora odiando essa covardia. Ajoelhou-se e fez apenas isto: apertou a mão no cabo do punhal, para marcar nele suas impressões. Ergueu-se e já ia sair, quando teve outra lembrança. Tirou um dos brincos e deixou-o cair perto do corpo. Lançou, por último, o olhar em torno. Perguntou a si mesma:

— Não faltará nada? Não me esqueci de alguma coisa?

Não, não. Não se esquecera de nada. Então, correu, de novo.

Carlos, impaciente, já pensara em ir buscá-la. Chamou-a:

— Vamos, vamos!

O automóvel dele estava perto, encostado numa esquina. Um detalhe que não deve ser esquecido. Quando Lucia deixara a sala, ouvira o telefone tocando. E isso a fez correr mais ainda, na ânsia de fugir, de se colocar longe, bem longe, do "local do crime".

O automóvel arrancou. Ela quis saber:

— Para onde vamos?

E ele:

— Para sua casa.

Virou-se, no assento, assombrada:

— Para minha casa?

— Claro!

Ela crispou os dedos no braço de Carlos, em risco de fazê-lo perder a direção:

— Você está louco? Não vê que não pode, que seria uma loucura? Agora mesmo é que temos que fugir!

Ele, aumentando a velocidade, protestou:

— Fugir não! Você não tem nada com isso!

Ela, então, contou, rapidamente, tudo. Contou que deixara um brinco ao lado do cadáver e que suas impressões digitais estavam marcadas no punhal. A surpresa de Carlos foi tão grande que, instintivamente, ele freou violentamente o carro, quase provocando uma derrapagem. Estava olhando, atônito, para a moça:

— Por que fez isso? Por quê?

Disse, com toda a doçura de sua alma:

— Para salvá-lo?

Ele espantou-se:

— Salvar a mim?

— Sim, salvar você.

— Mas de quê, meu Deus do céu, de quê?

Lucia começou a sofrer; ou antes, passou a sofrer mais do que já estava. Disse:

— Eu prefiro que todos me considerem culpada; prefiro que, se alguém deve ser preso, que seja eu...

Carlos foi violento, brutal. Segurou-a pelos dois braços, sacudiu-a:

— Eu não matei ninguém — está compreendendo? — não sou assassino de ninguém. Se você fez isso, seu sacrifício aproveitará a outra pessoa, não a mim...

## 23

## Uma mulher diante da morte

Ela sofreu, vendo-o negar que fosse o criminoso: "Não acredita em mim", foi o que pensou na sua angústia e no seu despeito. Teria preferido, mil vezes, que dissesse, que confessasse: "Fui eu, sim. Fui eu que matei". E o crime, em vez de separá-los, viria uni-los ainda mais, viria criar entre eles um laço a um só tempo mais doce e mais forte. "A mulher que ama", era o que pensava Lucia, "é mais amorosa do que nunca nessas ocasiões."

Encarou-o:

— Por que você mente?

— Eu minto?

— Claro que mente!

Ele irritou-se:

— Você acha que eu minto?

Nunca na sua vida Lucia foi tão veemente:

— Acho, sim. Por que não confessa, por que não diz a mim? Ou tem medo que eu vá denunciá-lo?

— Confessar o quê, meu Deus do céu! Se eu não fiz nada, absolutamente nada... Se quando entrei lá ele já estava morto, se eu encontrei assim?...

Mas ela não atendia, surda a todos os argumentos, com a ideia fixa de que ele desconfiava de si:

— Não admito que você esconda nada de mim! — disse, na sua cólera; mudou logo de tom, tornou-se novamente doce: — Você pode confiar em mim, cegamente em mim... Eu não julgaria nunca você, não o condenaria nunca...

E acrescentou, com um fervor absoluto:

— Você para mim está acima do bem e do mal!
Ele se obstinava:
— Quer escutar-me, quer? Eu não matei ninguém. Não que não quisesse. Eu entrei naquela casa — para matar... Mas alguém se antecipara, alguém chegara lá antes de mim... Alguém fizera em meu lugar o que eu jurara fazer...
Lucia escutava, atônita:
— Não é possível, não acredito... Mas então...
Apertou, entre suas mãos, o rosto do bem-amado:
— Mostra-me teus olhos... Deixa eu ler na tua alma... Juras que não fizeste isso?
Houve alguma coisa de infantil e, ao mesmo tempo, de dramático na atitude com que ele respondeu:
— Juro!
— Por tudo que há de mais sagrado?
— Por tudo que há de mais sagrado.
Lucia ainda quis duvidar. Mas sentiu-o tão honesto, tão apaixonadamente sincero, que adquiriu subitamente a certeza de que ele não mentia, de que tudo se passara como ele contava. Então, se crispou toda. Não era mais a tragédia dele que a apavorava. Era sua própria tragédia.
Ele dizia:
— Vou levá-la em casa.
Pôs o motor em movimento, e, de novo, o carro partiu. De vez em quando, ele olhava para ela. Na sombra, não poderia ver a palidez da bem-amada, pois Lucia estava branca, estava sem uma gota de sangue no rosto. "Estou perdida", pensava. E repetia para si mesma: "Completamente perdida".
Carlos perguntou:
— Está calada por quê?
— Por quê?
Ficou em suspenso por alguns momentos:
— Porque estou perdida.
— Perdida?

Ela não respondeu. O carro voava agora. Lucia formulava uma hipótese: "E se, apesar de tudo, ele mentisse? Se, apesar de tudo, tivesse matado?". Pensou em voz alta:

— A polícia chegará lá... Verá meu brinco... Descobrirá minhas impressões digitais...

Mergulhada nas suas cismas, mal o ouvia dizer:

— Eu a salvarei... Chegarei lá antes da polícia...

O automóvel voava. De vez em quando, havia uma curva: era uma derrapagem espetacular, como nos filmes. Ele repetia: "Preciso chegar antes da polícia". Mas não só da polícia. Precisava chegar antes de qualquer pessoa, para destruir tudo que pudesse comprometer Lucia, tudo, absolutamente tudo.

— Não se incomode — disse para a moça. — Não acontecerá nada a você... Direi que fui eu...

Ela, que estava fria, apática, aparentemente desinteressada de tudo, exaltou-se:

— Eu não aceitaria seu sacrifício!

— Por que não?

E ela, calma de novo, mais doce do que nunca:

— Porque prefiro mil vezes ser presa em seu lugar. Porque eu não quero que você pague por um crime, seja você o autor ou não.

— Você acha, então, que eu posso aceitar o seu sacrifício e você não pode aceitar o meu?

Ela sorriu, com profunda tristeza:

— Não se trata de achar. Eu não acho nada. Desejo — ouviu? — desejo sacrificar-me. Por isso quis fugir, por isso propus a fuga... Por isso ainda torno a pedir: "Vamos fugir, Carlos?".

Ele dobrara uma esquina, derrapando:

— Primeiro, eu terei que apagar todos os vestígios que você tenha deixado.

Ele parou a um quarteirão da casa de Paulo. Disse para Lucia:

— Voltarei logo.

Lucia quis descer também:

— Vou com você...

— Não, não! — opôs-se.
Viu-a, porém, tão desesperada, que mudou de opinião:
— Venha, então.
A esperança ou certeza de um e de outro é que ninguém tivesse descoberto o corpo. No caminho, Carlos ia explicando que ele chegara minutos após o crime. O corpo de Paulo ainda estava quente e Carlos julgara ouvir barulho na porta dos fundos. Com certeza o assassino fugira por aí. Agora, desejava, com todas as forças do seu coração, que ninguém tivesse aparecido.
Lucia lembrou:
— Quando saí, o telefone tocou.
Iam agora dobrar a esquina da rua em que morava Paulo. E súbito escutaram. Viam, ao longe, uma ambulância, branca, destacando-se na sombra da noite. Os dois se entreolharam, em pânico:
— Se a Assistência[12] foi chamada — disse Carlos — a polícia também.
Mal podiam imaginar o que acontecera. A pessoa que telefonara era d. Olívia. Queria falar com Paulo, precisava, de maneira vital, falar com o filho. Recorrera a todos os seus telefones. Não o encontrara em nenhum. Insistira várias vezes para a sua residência pessoal, sem resultado. Mas acontecera que, numa das vezes, ou, antes, na primeira vez, o telefone estava em comunicação. Foi isso que a decidiu a ir lá, pessoalmente. Se ele não estivesse, esperaria. Só havia um inconveniente: Paulo não tinha criados, a não ser uma arrumadeira que fazia o serviço durante a manhã e se retirava depois. Mas se a casa estivesse fechada — deliberou — ficaria na varanda. E assim fez.
Quando chegou, viu luzes acesas. Disse, satisfeita: "Está". Apressou o passo. Não precisou bater, porque a porta estava apenas encostada. Foi entrando e gritando:
— Paulo! Paulo!
Quando chegou à sala de visitas e olhou, não deu mais um passo. Sentiu a catástrofe, viu o cabo do punhal emergindo das costas do

---

[12] Socorro médico, ambulância.

filho. Gritara com todas as forças. Vieram os vizinhos: chamaram a polícia. Um dos vizinhos, com mais expediente[13] do que os outros, dissera:

— Ninguém mexa em nada!

Antes da polícia chegar, d. Olívia aproximara-se do cadáver e vira o brinco, um brinco que se lembrava de ter visto ainda nesse dia.

# 24

## Ela estava calma

Foi então que Carlos e Lucia sentiram que era tarde demais. Agora só lhes restava o caminho da fuga. Carlos apertou o braço de Lucia, com súbito desespero:

— Temos que fugir!

Teriam que fugir ou seriam presos. Mas a moça não teve medo. Pelo contrário. A ideia da fuga era, para ela, de uma doçura sem igual. "Fugir" significava: ficar junto dele, unir o seu destino ao do bem-amado; iam participar do mesmo perigo e, talvez, viessem a ter a mesma morte. Ela estava calma, embora de uma calma fremente, uma calma que escondia uma tensão profunda. Correndo para o automóvel, que Carlos deixara mais adiante, teve necessidade de repetir:

— Eu te amo, e muito, muito, muito...

Ele não respondeu. No fundo, estava impressionado com a força do destino que os unira. Eram seres marcados pela fatalidade. Já dentro do carro, ele fez uma reflexão, em voz alta:

---

[13] Desenvoltura, presteza.

— Estamos perdidos...

A rigor, quem estaria perdida era ela. Mas o perigo, a desgraça de um, significava, automaticamente, o perigo e a desgraça do outro. Eram duas vidas, duas almas inseparáveis, para sempre inseparáveis. Na direção do automóvel, imprimindo um máximo de velocidade, era isso que Carlos percebia de uma maneira obscura. Por um segundo, uma fração de segundo, teve a ideia de um desastre voluntário, de atirar o automóvel, com a força dos cento e vinte, cento e trinta quilômetros contra um muro; ou contra outro carro que viesse em direção contrária. Seria uma morte rápida, instantânea, uma morte que não lhes daria tempo de sofrer, de ter saudade da vida. Mas se conteve, controlou, num esforço de vontade, esse ímpeto suicida.

Ouvia Lucia dizendo:

— Sempre desejei um amor assim na minha vida... Sempre sonhei com um amor assim... E sentia que meu noivo não era esse amor... Mas quando vi você, quando você me falou — imediatamente compreendi que chegara a minha hora... Você era meu amor. Meu único amor. E eu deveria amá-lo até meu último dia de vida...

Ele, que estava desesperado, ia, pouco a pouco, se comovendo com essas palavras simples e, ao mesmo tempo, dramáticas, que refletiam toda a alma de uma mulher. Então, falou, por sua vez:

— Ainda agora, eu sofria. Ainda agora, eu tinha medo do destino. Mas estou calmo, calmo e absolutamente feliz. Não importa mais o que aconteça. Tudo o que acontecer está certo e eu aceitarei os fatos, sem nenhuma revolta... Sinto — baixou a voz ao dizer isso — sinto que nada nos poderá separar. Estamos juntos em vida, estaremos juntos na morte...

A sua ideia, agora, era de que nem a morte seria a separação. Havia no seu coração a certeza de que qualquer amor — desde que seja realmente amor — é imortal. O sentimento desta eternidade fez-lhe um bem imenso, deu-lhe uma euforia, um estado de paz interior, absoluta.

Carlos parou o carro. Estavam num caminho deserto próximo do mar. Saltaram e Carlos, na frente, chamou a bem-amada:

— Vamos...

Nem ele mesmo sabia para onde. Um e outro sentiam que não tinham destino; ou por outra: qualquer destino servia-lhes. De braço, caminhando na direção do mar, ele dizia:

— Não temos para onde ir... Seremos fugitivos, sempre fugitivos...

Estava iniciada a fuga, realmente; mas uma fuga dramática e interminável. Se parassem, seriam presos.

Lucia sonhou em voz alta:

— Eu queria um lugar, bem longe, onde ninguém pudesse alcançar-nos...

Ele objetou:

— Mas não há esse lugar.

Foi, então, que ocorreu a Lucia um lugar assim:

— Há esse lugar — balbuciou.

— Qual?

Ela vacilou, antes de responder:

— A morte.

Por alguns momentos, calados, tiveram o mesmo pensamento. Se morressem, se tornariam intangíveis, se colocariam acima da justiça dos homens. Nenhum poder poderia alcançá-los, a não ser o de Deus. A ideia da morte impressionou-os de uma maneira profunda.

Estavam abraçados diante do mar. Fazia frio, o vento fustigava os dois enamorados. E, súbito, foi como se uma loucura os possuísse. Ele apertou entre suas mãos o rosto de Lucia. Olhou-o, numa contemplação intensa, apaixonada. E, depois, houve um beijo, não rápido, não trivial, mas um beijo em que ele pôs, e ela também, todo o desespero, toda a febre, todo o delírio de suas almas e dos seus amores. Desejariam morrer assim, desejariam se aniquilar nessa vertigem, nesse deslumbramento absoluto.

Entretanto, na casa de Paulo... A polícia já controlava a situação. Ninguém tocara no corpo. D. Olívia parada, os olhos espantosamente fixos, hierática, impressionante como uma figura de teatro — não arredava o pé de perto do filho. Deixou que a polícia entrasse, fizesse as primeiras investigações e quando lhe perguntaram o que fazia ali, disse, sóbria e trágica:

— Sou a mãe do morto.

Foram aparecendo amigos, outros parentes, pois essas notícias se espalham com uma rapidez sobrenatural. Mas d. Olívia reservava para o fim a grande revelação. Houve um momento em que, depois de vários exames do local, o investigador virou-se para ela e quis saber:

— A senhora tem alguma ideia de quem seja o criminoso?

A resposta foi imediata:

— Tenho.

O investigador estacou. Fizera uma pergunta rotineira, sem maiores esperanças de obter dados positivos. E a firmeza, o tom categórico da mãe da vítima, impressionou-o.

Perguntou:

— De quem a senhora desconfia?

Ela teve um meio riso atroz:

— Não desconfio.

— Não?

D. Olívia foi mais explícita:

— Não desconfio. Tenho a certeza.

— E quem é?

Em vez de responder, ela mostrou:

— Está vendo aquilo?

O investigador abaixou-se e apanhou o brinco:

— Isso?

Hirta, fria, a outra continuou:

— Procure a dona desse brinco. Foi ela quem matou meu filho.

O policial teve um fundo suspiro; encarou d. Olívia:

— E a senhora conhece a dona do brinco?

— Conheço.

— Quem é?

O que ninguém — nem d. Olívia, nem o investigador — poderia imaginar é que, neste momento, alguém viesse descendo a escada. Alguém que talvez pudesse dizer a última palavra, iluminar o mistério que ainda cercava o crime. E essa pessoa vinha atravessando o hall. E aparecia na porta, justamente no momento em que o policial pedia o nome da criminosa.

O investigador insistia:

— Quem é? Diga — quem é a dona do brinco?

D. Olívia respondeu, lenta, sem desfitar o interlocutor:

— Minha nora.

— O quê?

Ela repetiu:

— Minha nora.

O investigador ia fazer um comentário, quando ouve que, atrás de si, alguém dizia:

— Não sou dona do brinco, nem sua nora...

Viraram-se rápidos, d. Olívia e o policial. A pessoa concluiu:

— Mas sou a assassina.

# 25

## Amorosa e assassina

Quando d. Olívia viu a mulher que aparecera na porta, teve uma sensação de sonho... Era, decerto, uma imagem estranha, quase um fantasma, um positivo fantasma.

Balbuciou:

— Virgínia...

O investigador, que ouvira mal, quis saber:
— Quem?
Mas d. Olívia não estava certa; ou, por outra, estava certa de que não podia ser Virgínia. "As mortas não voltam", era o que pensava. E a desconhecida lembrava, apenas *lembrava* Virgínia. Não podia ser, claro que não podia ser a *morta*. Como o investigador, percebendo o que havia de estranho na recém-chegada, perguntasse:
— Quem é?
D. Olívia explicou:
— Foi uma ilusão minha... Ela se parece com uma pessoa que morreu há muito tempo...
O investigador, passado o espanto, readquiriu o dinamismo profissional:
— Sente-se, sente-se! — disse para Virgínia. E depois que ela se sentou:
— Agora vamos conversar.

Então, os dois, d. Olívia e o policial, ouviram a mais delirante de todas as histórias. A moça começou assim:
— Eu não sabia, até há bem pouco tempo, quem eu era... Qual o meu nome... E agora sei!...
E contou a sua tremenda experiência de mulher. Primeiro, o seu idílio com Paulo e Carlos. Durante semanas, meses, duvidara de si mesma, do próprio sentimento.
— Eu mesma não sabia de quem gostava. Paulo ou Carlos, Paulo ou Carlos... Acabei, porém, me apaixonando por Carlos...
— Eu sabia — foi o breve comentário de d. Olívia.
Paulo não era, então, o fino, superficial, bem-composto diplomata. Tinha o ímpeto, o fervor, o frêmito da adolescência. Sofreu até onde um homem pode sofrer, sentindo que ela pendia para outro amor. Fixou nele a ideia de matar Carlos.
— Mas é seu irmão — dissera-lhe Virgínia.

Ele, porém, cultivava o seu ódio na solidão. Infeliz no amor, queria ao menos ser feliz no ódio, realizar o ódio. Um dia, sugeriu à Virgínia:

— Quer ter um último encontro comigo?
— Por que último?

E ele:

— Porque depois sairei de sua vida...

Virgínia quis convencê-lo:

— Seremos amigos...
— Não, não!...

Passearam de barco na grande lagoa. Quando estavam muito longe da terra, ele revelou, de súbito, os seus desígnios:

— Eu sei que a perdi, Virgínia... Sei que você nunca o deixará de amar... Mas resta-me um consolo: você não será minha...

Fez uma pausa, para acrescentar:

— ... nem dele... Eu a perdi, Carlos a perderá...

A princípio, Virgínia não compreendera:

— Por quê?

Atônita, viu Paulo erguer-se no barco. Não teve nem tempo de cobrir o rosto, a cabeça, com as mãos. Ele desferira um golpe com o remo. Perdera imediatamente os sentidos.

Que acontecera depois? Ela não saberia dizê-lo. Paulo queria matá-la; mas se apavorou vendo-a ensanguentada. O ódio, o amor-próprio, o despeito do homem preterido, tudo se fundiu num sentimento de amor, de pena. O certo é que, quando Virgínia voltara a si, estava num ambiente estranho. Não tinha a menor noção de local e de tempo. Por outro lado, todos os vínculos que a uniam ao passado estavam rompidos. Não se lembrava de nada. Não sabia nem mesmo qual a própria identidade:

— Quem sou eu? — perguntou.

Durante dias, durante meses — só duas pessoas falaram com Virgínia: Paulo e uma criada muda. Ela queria saber; pedia pelo amor de Deus:

— Meu nome! Quero meu nome!...

Paulo era vago:

— Direi um dia.

Esse dia... não chegou nunca. Ele a havia levado para uma pequena casa cravada no seio da floresta. Que secreto, que profético desígnio o levara a construir, longe de tudo e de todos, esse retiro? Nenhum lugar melhor para esconder um segredo, um crime. Quantas vezes Virgínia passara horas e horas num esforço desesperado em vão para libertar seu passado, para libertar sua memória das névoas que envolviam todos os fatos anteriores ao passeio? Não se lembrava nem mesmo do passeio, não se lembrava de nenhuma lagoa.

Uma mulher que visse sempre um único homem — acabaria amando-o. Foi o que aconteceu. Virgínia o amou. Mas acontecia uma coisa estranha: ao se acariciar e se deixar acariciar pelo companheiro, experimentava um misterioso sentimento de culpa, a inexplicável tristeza de quem está traindo. Mas traindo a quê? Traindo a quem?

A<small>GORA, DIANTE DE</small> d. Olívia e do policial, ela explicava:

— Traindo a Carlos... A minha memória estava adormecida... Mas alguma coisa em mim se mantinha fiel a Carlos...

Fora, então, que Paulo anunciara a viagem. Ela ficaria só com a criada. Partira, realmente. Mas ele não contara com a revolta que a solidão absoluta viria despertar na alma de Virgínia. Ela fugira, levada apenas pelo ímpeto da fuga. Não sabia para onde fugia, nem tinha um desígnio para essa fuga. A casa da floresta era mais secreta e misteriosa do que uma furna, do que um abismo, porque a floresta a cobria e a tornava íntima, inviolável como um túmulo. Mas estava perto da cidade. Passara horas caminhando; por fatalidade, descobrira o caminho da casa de Lucia; falara com ela e com Paulo; e, por fim, descobriria, também, o caminho da residência pessoal de Paulo, que conhecia antes da tragédia da lagoa. Claro que nunca fora tão grande o seu estado de confusão mental. Paulo não a viu, quando entrou. Estava na sala, escrevendo. Virgínia não sabia que instinto, que impulso brusco, que maldade irreprimível a inspirou. Quando deu acordo de si, estava cravando, nas costas de Paulo, o punhal que ele próprio lhe dera. Viu-o erguer-se ainda, com os olhos muito espantados; viu-o cair sobre a própria cadeira; viu-o, por fim, ficar de bruços, no chão. E só depois do crime é que sucedera o imprevisto: recebeu a luz interior; dissiparam-se as trevas; recuperou o sentimento da própria personalidade; soube quem era. Murmurou, olhando o cadáver:

— Eu sou Virgínia. — E repetiu no seu espanto: — Eu sou Virgínia...

E se lembrou de tudo. E surgiu na sua visão interior um rosto muito belo e muito amado: o rosto de Carlos. Então, o desespero se apoderou de sua alma. Matando Paulo, perdera Carlos. E agora, olhando em torno, pensava se não teria sido muito melhor viver como antes, sem saber quem era, inconsciente da própria identidade, na eterna busca de um nome e de uma alma.


Carlos e Lucia continuavam diante do mar.

— Eu não devia ter aparecido na sua vida... Todas as mulheres que amam sofrem... E você mais que as outras.

Ela dava-lhe beijos curtos e rápidos no rosto; e o afagava com uma das mãos nos cabelos:

— Não importa que eu sofra — dizia. — Eu seria infeliz, mil vezes — mas com você...

Baixou a voz, fez a confidência:

— A coisa que eu acho mais linda do mundo é ser infeliz a seu lado...

Ele ia responder, quando teve, de novo, o sentimento da morte, o sentimento de que iam morrer e, mais do que isso, deviam morrer...

# Último Capítulo

## Esperava-o uma eternidade de amor[14]

CAMINHARAM JUNTOS E sentiam como se o mar os chamasse. Não diziam uma palavra. Mas experimentavam como que o apelo da morte. Se, naquele momento, tivessem um abismo aos seus pés — não resistiriam à vertigem, à fascinação. Carlos perguntava a si mesmo se o sentimento do amor não estaria ligado, de alguma maneira secreta e indefinível, ao sentimento da morte.

Pararam, espantados, um e outro, com a melancolia das próprias ideias e sentimentos.

Foi Lucia quem primeiro reagiu contra a tristeza mortal que os invadia:

— Não quero morrer! — disse, de repente, unindo-se a Carlos.

A princípio, ele não compreendeu:

— Morrer?

Ela sentia, agora, o desejo de viver, de viver profunda e apaixonadamente a vida:

— Morrer antes do amor não seria uma desgraça... Eu morreria mil vezes antes de ter conhecido você... Mas agora eu sei o que é o amor... Não quero morrer, *não posso* morrer.

Exagerava, com a insensatez tão doce dos amorosos. Quem não ama, ou não amou, não vive. A vida só começa realmente a partir do encontro com o amor. Então, tudo se modifica, tudo adquire um súbito e inestimável valor. Cada instante de vida é como se fosse um momento de eternidade. E antes, não... Antes do amor era um vazio, era um irremediável vácuo, faltava à vida o ímpeto, o fervor, falta-

---

[14] Na primeira edição publicada em livro, optou-se pelo título "Esperava-os uma eternidade de amor". Aqui, optamos por manter tal qual o texto original.

va esse deslumbramento que a arrebatava agora. Se queria viver, se precisava da vida, era porque dela dependia o amor. Os mortos não amam, nem as mortas.

Repetia, na sua ideia fixa:

— Não quero morrer, Carlos! Agora não posso morrer!

E ele, possuído também de uma brusca vontade de viver:

— Não morreremos!...

Sentaram-se numa pedra do caminho. Ele sonhava em voz alta:

— Fugiremos sempre, sempre. O mundo é muito grande, Lucia. Existem lugares que são mais secretos, mais escondidos, mais invioláveis do que um túmulo. Iremos para um lugar assim...

Seus hálitos se misturavam. Ela pedia:

— Beija-me, beija-me!...

Então, começou aquela fuga dramática, desesperada, fuga do mundo na esperança da justiça de Deus. Dir-se-ia que a febre — profunda, misteriosa febre de corpo e de alma — os alimentava. Havia angústia, sim; mas também que doçura, que felicidade aguda experimentavam quando, à noite, protegidos pelas sombras, descansavam e olhavam, juntos, as mesmas estrelas e o mesmo céu.

Ele apontava:

— Está vendo, ali? Aquela estrela?

— Vejo, sim, vejo!

Eram de uma banalidade sublime:

— Linda!

Se estivessem em outro estado de alma, teriam percebido o que havia de insensato naquela fuga. Mas sentiam-se ameaçados na sua felicidade e no seu amor. O medo de uma separação, o medo de que, apesar de inocente, Lucia fosse condenada, levava-os a esse desespero. Houve um momento em que, numa espécie de loucura, combinaram:

— Se você for presa — disse ele — será inútil viver mais... E só haverá uma solução.

— Qual?
Ele baixou a voz, falou com a boca encostada no ouvido de Lucia:
— A morte.
Sofreram de novo, porém, com o sentimento de que a morte seria a maior das separações. Foram três dias e noites inesquecíveis. Até que acabou o dinheiro que Carlos, acidentalmente, trazia no bolso quando iniciaram a fuga.
Ele estava de barba crescida. Não menos belo, porém. Olhando-o, ela sentia que, atormentado pela febre, pelo martírio, aquele rosto era mais tocante.
— Estamos longe do mundo — dizia ela. — Não sabemos o que fazem, o que dizem os nossos pais, os nossos amigos, os nossos conhecidos...
Alimentavam-se de frutas que adquiriam no caminho ou, então, recorriam a cafés perdidos nas estradas. Faziam refeições ligeiras; e continuavam a caminhar, fugindo sempre.
Até que, no terceiro dia, eles acabavam de sair de uma tendinha, quando ouviram uma voz:
— Moça! Moça!
Era um homem, uma espécie de matuto. Corria no encalço dos namorados, com um jornal na mão. Carlos, rápido, se colocou na frente de Lucia, como a defendê-la. Todo o seu instinto de defesa, de conservação, se mobilizava.
O homem, esbaforido, brandia o jornal:
— Seu retrato saiu no jornal, moça!
E mostrava a folha. Lucia e Carlos, assombrados, viram o retrato. Era ela mesma, numa fotografia tirada há pouco tempo em traje de esporte. Mas não foi isso que os impressionou, e sim o retrato de Virgínia ao lado do de Lucia. Os dois leram, espantados, a legenda: "Virgínia, a criminosa". Devoraram o resto da reportagem. Souberam, assim, que Virgínia confessara tudo. Embaixo de tudo, como acréscimo de última hora: MATOU-SE A ASSASSINA! Virgínia cortara os pulsos!
O homem do jornal queria a confirmação:

— Não é a senhora?
— Sou eu mesma — admitiu; e disse, já chorando: — Eu!
Carlos também estava com os olhos úmidos e comovido até as profundezas do ser. Eles se olharam antes de um novo beijo. O homem, ao lado, via só, atônito. Saiu resmungando:
— Puxa! Esses dois não fazem cerimônia!
Não sabia e não podia imaginar a pobre criatura que aqueles eram o homem e a mulher mais felizes do mundo e que os esperava uma eternidade de amor.

Este livro foi impresso pela Cruzado, em 2023,
para a HarperCollins Brasil. O papel do miolo é
pólen natural 80g/m², e o da capa é cartão 250 g/m².